U0069465

阿樂

王瓊瑤　編著

我的阿樂走了。

告別式結束後，看了她的手機和從花蓮宿舍帶回來的環島筆記本，回想著當時她環島回來之後，和我分享的點滴，滿臉掩不住的興奮神情，想著我該為她留下些甚麼，很直覺的想寫本書，關於阿樂的書。利用下班後的空檔，將思念之情化為文字，而幾個月過去了，有一天，突然覺得自己是否太自不量力了，我既沒有豐厚的文采，無法堆積華麗的詞彙，又如何訴說她的一生，我停頓了，遲疑了，但我最後還是選擇繼續完成它，因為一個平凡卻精采的孩子，我真的想為她留下回憶，寫下我對她的愛。

阿樂，我可愛貼心的姿瑩妹，謝謝妳來到人世間當我的孩子，妳豐富了我的人生，就連要離開媽媽了，怕我寂寞，把妳的朋友們陸續圈進了我的人生，而這圈圈一直不斷的擴大、綿延。

感謝在阿樂環島的時候，搭載過她幫助她的人，讓她能夠圓夢。世界這麼大，能遇見不容易，在每個人與人重疊的記憶裡，都是那麼的溫暖洋溢。

阿樂留下了一張藏寶圖，地圖中處處有驚豔，讓

我重新認識一切，人生原來是可以活得這麼精彩。貼心的孩子，像熱情的太陽，柔和的風，感染周遭所有的人，天地爲家，自在灑脫，人生雖短暫，但愛不止息，我永遠不會忘記我曾經有個孩子，她叫阿樂。

人生旅程，何時是終點，沒人能預知，我理所當然地認爲，未來時間還很長，阿樂還那麼年輕，未來還有很多想和她一起做的事，一起去的地方，以爲還可以愛她好久好久，以爲她可以陪我到很老很老，但我的阿樂，我可愛的姿瑩妹，人生卻在22歲停止轉動了。

阿樂，我必須習慣再也聽不到妳逗趣的話語、爽朗的聲音，再也收不到妳任何訊息與照片，坐電梯、走路時，妳再也不會出現在我的右側，睡覺時，妳再也不會在我身旁撒嬌討抱抱，還一直嚷嚷要抱緊緊的。

陽光的孩子，失去妳，是無法呼吸的痛，不再有歡笑的泉源，無奈萬般不捨，終究得捨。我要學習妳的勇敢，妳的毅力，妳的正能量，感謝妳爲我鋪下了一條綿延友誼的路，媽媽不孤單，就算孤單也能堅強。死亡是每個人必須面對的，人無法控制生與死，但生命的深度是由自己創造的，阿樂，媽媽懂了。

目錄

阿樂，像兒子的女兒

　　1998年的秋天，小天使來到我身邊。

　　「好可愛的孩子喔!」我常看著她，暗地裡想著，長相平凡的我，怎會生出一個像洋娃娃般可愛的女孩。

　　「姿」代表是次女，也希望她人生能晶「瑩」如玉石般，「姿瑩」就是我的心肝寶貝。

　　國小她的臉書叫「星冰樂」，國中之後簡化叫「阿樂」，她自己好像覺得長大了，向人介紹這飲料名，感覺有點丟臉吧！

阿樂，她每天都要很快樂。

　　阿樂的生日是在國慶日的前一天，每當生日時，她總開玩笑地說：「媽媽，妳為什麼沒有晚一天生我，那我就是國慶寶寶了。」

　　哈哈！想普天同慶是嗎？

　　我告訴她：「妳知道妳是早產兒嗎？還早產一個月呢！」

　　「為什麼我是早產兒？」她問。

　　「因為有這麼好的媽媽，怕被搶走，所以趕快來占位置啊！」我開玩笑地說。

　　以前阿樂常說：「媽媽，妳為什麼對我這麼好？」

小時候照片

我笑著說：「上輩子欠妳的啦！下輩子換妳來當媽媽，我來當妳的女兒。」

　　「好喔！那我要對你很兇，不乖就打，嘿嘿！」她賊賊地笑著說。

　　「可是，我也沒對妳很兇啊！那我不要交換了。」

　　「哈哈哈！媽媽妳逃不掉的，我們已經約定好了。」

　　幼兒時期的阿樂，非常乖巧。喝奶、吃飯、吃藥，從不讓人操心，更特別的是在嬰幼兒時期打預防針，在衛生所裡，每個孩子一針下去，就嚎啕大哭，唯獨她不一樣，僅眉頭一皺，讓我驚訝這還只是個襁褓中的嬰兒呀！

　　小時候感冒看醫生時，醫生會幫她清鼻涕。

　　護士說：「請媽媽幫忙抓一下孩子，怕她害怕會亂動。」

　　「不用啦！」我說。

　　多次的經驗告訴我，插進鼻孔吸鼻涕的細細長長鋼管，阿樂根本不怕。

　　「好乖喔！這麼勇敢，我把妳的鼻涕清乾淨一點。」醫生總是這麼稱讚她。

小時候，長得很快，早熟，身高算高，但到高年級就不太往上了。常聽人說「小時候胖不是胖」，但她是小時候不胖，長大後超胖！

　　剛上小學，每天蹦蹦跳跳，甚得老師喜愛，國小老師還幫她取了個綽號「五隻蒼蠅」（吳姿瑩）。

　　每次的國語考卷或作業，寫的造句常讓人看了捧腹大笑，實習老師每次批改到她的作業或考卷，常笑著分享給辦公室的老師們看，而這些結合時事、趣味、天馬行空的句子，可惜我沒保留記錄下來。

　　童顏童語更是一絕，很多都已不太記得了，僅記得有一次逛賣場，我說：「走得腳好痠喔！」她回說：「媽媽，妳腳踩到檸檬了嗎？」

　　又有一次，忘了因為什麼事，爸爸開玩笑對阿樂說：「妳也給點面子嘛！」

　　她回說：「爸爸你又不上廁所，幹嘛要面紙？」讓人啼笑皆非。

　　國小國語課本的內頁插圖，她都會變裝塗鴉加劇情，天馬行空把人物改造的很爆笑，可惜小時候的課本都回收掉了，家裡僅剩一本沒被我丟回收的便利書，在整理她抽屜物品時看到了，封面改裝的也很搞笑，我將這漏網之魚的圖畫分享給同事們看，大家都

笑翻了。

　　阿樂是個喜歡歡樂氣氛的人，在國小時，有一次同樂會前夕，她買了很多各式各樣的氣球回家。

　　「妳買這些要做什麼呢？」我問。

　　「每次開同樂會就只是吃吃喝喝，明天來個踩氣球的遊戲。」

　　隔天回家，她高興地說她的遊戲超受歡迎的，同學們玩得很開心。又有一次的同樂會，同學表演樂器，而她一樣的歡樂，表演在魔術社團裡學到的魔術，還請我到教室當他的助手，一個10歲的孩子，娛人自娛，樂在其中。

　　我自認是個沒啥藝術細胞的人，但阿樂卻不一樣，小時候信手塗鴉，隨意畫上幾筆，總令我驚豔，當然啦，因為我是媽媽總會認為自己的孩子好棒棒。小學三年級考上美術資優班，阿樂曾說過，班上很多人都畫得很好，她其實畫得並沒有很好，許多同學也都特地去美術畫室學畫，但她並沒有，我覺得阿樂的不一樣在她天生的創意，雖然我不是很懂，但總覺得她的想法或設計很另類。

　　在阿樂小學三年級時，爸爸生病了，幾個月後，爸爸離開我們了，幼小的心靈，首次嚐到生離死別。

孩子的悲傷不似大人的外露，她隱藏在心裡。

　　我慢慢感受到阿樂的改變。雖然，已習慣她從小的喜好和姐姐截然不同，在百貨公司玩具區，姐姐抱著芭比娃娃，阿樂則是手拿機器人、槍砲，愛不釋手。

　　愈來愈中性的裝扮與髮型，我看在眼裡。

　　在小學五年級時，有一段時間阿樂吵著想改名字，原來「姿」不是她想要的，而她想要的名字都很偏男性名，那時我並沒答應，也呼攏她說這樣以後我們都到天上了，爸爸會找不到妳。

　　對於性向的議題，因為阿樂的轉變我開始注意了。在她五年級的某一天夜裡，她告訴我：「媽媽，我好想當男生。」我冷靜地回答：「我知道。」她愣住了，我告訴她說：「妳是我的孩子，我會支持妳的任何選擇，但妳現在年紀還小，同學、親戚、長輩周遭人所給予妳的壓力，是很難承受的，妳也要顧及一些人，例如阿嬤長輩的接受度，等妳長大了，夠強大了，想法成熟了，可以無懼無畏的勇敢做自己，媽媽永遠支持妳。」

　　自從那晚之後，我們再也沒有談到性向方面的話題，但我們彼此都知道；再也沒有買過女裝、女性內

衣、女鞋，國、高中時期帥帥的衣服，幾乎都是我陪
她到百貨公司買的男裝。對於服飾，阿樂有她獨特的
見解與堅持，每次出門都是精心打扮，從頭到腳，帽
子、手鍊、項鍊、手袋背包、多層次衣服、鞋子，甚
至專屬香味，不是給誰看，只因為喜歡，她的同學曾
說過，聞到這味道就知道阿樂來了。

一直到現在，我對於同性的議題不是很懂，但我知道，這樣的孩子並不是壞孩子，她（他）們並沒有做錯任何事，為什麼要被歧視、被霸凌、被孤立，每當我看到一些扭曲誤解偏頗的言論，因此製造的社會對立與不安，心裡就很難過。陽光是公平無私的照耀每個人，為什麼要逼她（他）們走向陰暗的角落？

阿樂爸爸離開我們後，我希望孩子們仍能正常快樂的成長，在想念到爸爸時，總是有著許多歡笑快樂的回憶。我一如以往在孩子放寒暑假時，帶著她們國內外旅遊。

作文：快樂的星期日（11歲）

今天一大早，媽媽就把我和姊姊叫醒，吃完飯店裡的早餐後，我們就往捷運站出發，台北的捷運我們搭了很多次，我覺得台北的捷運真是方便，四通八達，又不用等很久，我們今天是要去美麗華百貨公司看哈利波特電影。

內湖線是捷運的新路線，可是，狀況不斷，還好我們很順利的坐到美麗華，遠遠就看到巨大的摩天輪，它非常壯觀，坐在裡面的感覺很棒，我真想坐坐

看，媽媽說下次會帶我來坐，真期待！

　　售票口前大排長龍，終於輪到我們了，售票阿姨說只剩第一排最旁邊的位置，媽媽說那樣效果不好，因為螢幕有八層樓高，會看的不舒服，只好放棄了。但姊姊不放棄，於是我們又到京華城看沒3D的哈利波特。

　　看完電影，媽媽就帶我們去吃港式飲茶，每一樣都很好吃，讓我吃的津津有味，媽媽笑著說：「妳和姊姊不是說要減肥嗎？」哼！老是提這件事，減肥？回台南再說吧！現在就盡情的吃喝玩樂。

　　下午我們去七樓的「職業體驗任意城」玩，去年暑假曾來玩過，我們玩得好開心，一會兒當律師，一會兒當烘焙師傅，玩得不亦樂乎，快樂時光總過的特別快，八點結束後，我們才踏著沉重的步伐，依依不捨的離開。

作文：我的小表弟（11歲）

　　大舅媽生了一個小表弟，圓圓的臉，皮膚白嫩嫩的，好可愛哦！他現在只有四個月大，大舅媽沒有上班，每天無微不至的照顧小表弟，媽媽說：「大舅媽這個孩子得來不易，所以大家都很珍惜。」

阿樂

我每次看到小表弟，都覺得他好可愛，小小的手，小小的腳，一切都好迷你，我小時候是不是也像他那樣呢？大舅媽說：「照顧小嬰兒很辛苦，媽媽把我們從小養到大，很辛苦，我們要好好孝順媽媽。」

　　小嬰兒還很小，不會走路也不會說話，只能喝牛奶不能吃其他食物，聽說再過一陣子就可以吃副食品了，真希望他趕快長大，可以和我一起玩，一起吃零食，一起看電視，姊姊說要教他打電腦，我要教他什麼呢？我想教他理財觀念，因為他長大是大舅舅的接班人，要有做生意的頭腦，這個很重要。

作文：學游泳（11歲）

　　今天早上媽媽要帶我和姊姊去游泳池游泳，好久沒有游了，我和姊姊都很高興。

　　一到游泳池，我們立刻換上泳衣，跳入冰涼的水中，教練是媽媽的同事，有救生員執照，而且很幽默，我們邊玩水，邊上課，真開心！去年教練也有教我們，剛開始我游的比姊姊好，但是，現在姊姊卻游的比我好，我心裡想，為什麼姊姊每一樣都比我好？

　　游完泳後，肚子好餓，泳池入口有賣很多小吃，香味撲鼻，我不禁大快朵頤一番，媽媽說：「剛才的

游泳減肥法破功了。」沒辦法，肚子餓得頭昏腦脹，吃飽後，我才可以生龍活虎，精神百倍。

　　我和姊姊都很喜歡游泳，但是，只有暑假的星期日媽媽才會帶我們去游，真希望能常常去游泳，學習更多游泳技巧。

　　上了國中的阿樂，看起來帥酷的外表，內心其實是柔善的。記得在國一的某一天假日，下午阿樂一回到家，就聽她在喃喃自語說著，他為什麼要騙我？

　　「妳在說什麼呢？」我好奇的問。

　　「他為什麼要騙我？」阿樂又重複的說著。

　　「誰騙妳了？」我問。

　　「我下午經過民德國中門口，遇到一個戴眼鏡的大哥哥，他說沒有錢加油，要我先借他錢去加油，所以我就借給他600元，他說騎回家拿錢後，和我約2點在大門口，我一直等很久都等不到他」阿樂娓娓道來。

　　我和阿樂姐姐聽了異口同聲的說：「妳被騙了啊！」

　　「而且機車加油不需要600元這麼多，100元就可以跑很遠了呀！」我告訴她。

　　「媽媽妳又沒教我，我也不知要多少，怕會不

夠，就把身上的錢全部借他，但他看起來不像在騙我啊！」

被騙的這件事，後來我和姐姐偶爾想起還是會取笑她，但我們都知道阿樂的心是善良的。

國中以後，偶然經人介紹了一位髮型設計師沈號，從此之後8、9年的時間，阿樂一直是找這位設計師幫她剪髮。在那時期，每當她剪髮回來，愈來愈短的頭髮，總讓我驚嚇，我的心臟訓練的愈來愈強，也見怪不怪，反而還欣賞起她的前衛造型和勇敢做自己的勇氣。

酷酷的外表，其實有顆柔軟童稚的心，在朋友、同學間是搞笑歡樂有人緣的，但對她不熟悉不了解的人，總會以貌取人的預設立場，這也讓她嚐到苦頭。

阿樂的國中入學，遇到了些波折。準備要上國中了，經過抉擇之後，決定讓她去讀以英語著名的私校，也如願考上了。但是，就在到校暑輔幾天後，也還是新生訓練期間，她堅決再也不去學校。當時只大略知道和班導師之間有些問題，但既然如此強烈抗拒到校，勉強她到校也無法好好學習，只好辦理轉校。阿樂走了之後，看了她的臉書當時的發文，拼湊出當時的遭遇，只能感慨，當時應該多安慰她一些的。

2011年8月3日 阿樂臉書發文（13歲）

　　德光暑輔才去五天就要轉學了，和班導有些問題，基本上這講起來蠻複雜的。總而言之，那裡已經沒有什麼好留戀的了，當一個孩子已經被老師盯上，被討厭被標記成壞學生時，就沒有什麼理由要繼續留在那，哈哈～老師，您真是高估我了，您可曾想過，其實我也只不過是個平凡的國一新生，沒理由和您過不去啊！但您又為何要找我麻煩呢？我一直想用輕鬆瀟灑的樣子來講這件事，最後，還是有股莫名的淒涼，很心痛，只是想認真讀書，但為什麼事情最後會變成這樣。

　　新生始業輔導有兩天，第一天都是在聽師長講話，而我也盡量表現出最認真的樣子。然後第二天，都是在玩團康活動，但我們班好像大部分都之前就認識，所以大家都三三兩兩的走在一起，我也不知道這團康活動要怎麼玩，要怎麼融入大家，於是，我就和另兩位同學在後面休息，但那兩位同學也是之前就認識，所以他倆聊天，而我發呆。然後到了放學時間，老師把我們三人留下來，她問說：我們為什麼不去融入大家，所以是想怎樣？是想在班上標新立異？想當特別的人？若我們是想這樣，不想融入大家，那她也

沒必要把我們當成二班的學生，也沒有必要對我們好，如果我們是父母逼著來，不是自願來的，那又怎樣？賺錢養你的是父母，父母要你讀哪你就得讀哪，既然我們是讀二班，就得遵守它的規矩。

　　一開始我是覺得有點灰心，才去第二天就被老師叫去訓話，但我事後想想，若老師和我有點誤會，那也沒關係，往後的日子還長的很，我們應該能慢慢化解這些誤會。

　　到了第五天，也就是暑輔開始後的第三天，班導在暑輔第二天時，發了一張打的很滿的班規，A4大小，那張根本是切結書，上面有些規定真的很不人性化，她說：要黏在聯絡簿裡，家長和學生都要簽名，不要管它上面規定什麼，反正你讀這所學校，讀這個班，你就得照著規定走，遵守它，千萬不要心存僥倖，挑戰她的極限。

　　那天放學後，不久我就去補習了，九點多才回到家，家裡找不到膠水之類的東西黏，但文具店都關了，也沒有地方買啊，於是我就沒黏，然後隔天到了學校，中午，老師把我叫過去，她說：吳姿瑩，妳為什麼不把班規黏上去，妳是想怎樣？想挑戰我？我本來想跟老師解釋，但她說：什麼都不用說，妳給我到

教室後面罰站，然後我就在教室後面站了整個午休，大約一個小時吧！這段時間，她就講了三次：吳姿瑩，妳給我站好!但我明明就有站好啊！怕大家不知道我吳姿瑩就站在教室後面罰站嗎？我還雙腳併攏，腳尖呈45度耶！（張川銘老師教的），午休時間快結束時，她把我叫到教室外面去訓話，她說：妳為什麼不把班規黏好？我以沉默代替回答，然後她說：我現在給妳機會講妳又不講，我覺得很莫名其妙，是我剛要講她不給我機會講吧！現在我已經有點火大了，哪還想講啊！她又說：妳為什麼不去融入班上，老師同學都對妳釋出善意了，妳難道沒感受到？我不知道她指的融入班上是怎樣，但我知道，我這幾天上課有很認真，很認真抄筆記，很認真聽課，很認真讀考試範圍，因為我希望，我國中一切從零開始，我會認真當個好學生，我不想在班上出鋒頭，我只想當個認真的平凡學生，至於同學老師對我釋出善意？這點我真的沒感受到，後面還有幾句話，但我有點懶得打了。我們班在廁所隔壁，所以很多其他班的都會在附近走動，我想他們看到的場景是一個哭得很慘的學生和一位在訓話的老師吧！

　　其實我真的不是一個愛哭的人，相信認識我的人

都知道，只是我一直希望能給老師同學好印象，但此刻，真的覺得很心痛。我連一個同學都還沒認識，就讓大家留下不好的印象了，那我這幾天算什麼，我認真上課算什麼，這一切不就全毀了。我那幾天已經盡力擺出最天真無邪的樣子了耶！哈哈～這句話好像有點好笑，但我是說真的，在大家看來是怎樣我就不知了。

　　放學時，基本上暑輔期間是4:10放學，但坐校車的要等到5:30才能離校，而我那天真的覺得很累了，於是我就想說坐計程車回家吧！這樣就能在4:10離校，早早回家休息，但我要走時，又遇到了班導，她說：吳姿瑩，妳要去哪？妳給我回來，妳不是坐校車的？我告訴她說：我今天坐計程車回家，然後她又問說：為什麼？那妳跟我去導師辦公室，我打電話問妳媽媽，她跟我媽講了一下後，我媽媽說要老師把電話交給我，於是我就跟我媽說4:10就放學了，但我坐校車要等到5:30才能走，回到家都快6點了，我今天忘了帶手機，妳幫我叫計程車好了，然後電話還給老師後，她就說：妳知不知道妳跟妳媽媽講的那理由很瞎，什麼？4:10放學，坐校車要5:30才能走？我看妳根本就是中午被我罵，心情不好才要提早走吧！但我當

阿樂，像兒子的女兒

時就覺得，妳為什麼要說我瞎，我說的有錯嗎？的確是這樣啊！坐校車要5:30才能走，但大家都4:10就走了，當時已走到聖母園了，聖母園前面是大門，旁邊是各處室走廊，她說：妳坐下（手指旁邊的椅子），我告訴她：沒關係，我站著就好，然後她說：我沒有要罵妳，妳給我坐下（有點發怒的語氣），我一坐，她就大吼說：怎樣妳來學校擺出一副賤樣，自以為全世界就妳吳姿瑩最了不起？我覺得她是故意讓我處境難堪，就像我前面說的，因為大門和各處室走廊，所以那裡會有很多學生和行政人員走動，她又說一些話，然後說：妳媽媽叫的計程車應該到了，我帶妳到大門，那時我真的火大了，於是我就直接走到她前面，看到計程車竟然停在教官前面，於是我想：這可真好！所以我就直接坐上計程車，讓司機開走了（而且那司機竟然開滿快的，讚！）

　　總而言之，從那天起，我也再沒進過德光校園，我真的沒有刻意和老師過不去，我不知那老師為何要盯上我？

阿樂在臉書抒發心情，國小老師、同學們，紛紛留言給予溫暖，加油打氣，國小同學們也熱烈招手，希望阿樂轉學到他們的學校就讀，阿樂的人緣其實不差！

　　徐老師留言：自己多加油囉！相信妳會做的很好！

　　姿瑩：徐老師，我最近真的好鬱悶，看到妳們的留言，真的要感動到痛哭流涕了！

　　這段往事一直到阿樂走了之後，看到臉書才知道詳情，當時一直不願意再到校的原委。

　　感謝立人國小徐老師，一直以來對姿瑩的肯定與鼓勵，國小美術班畢業後，她還是很喜歡回去找老師，不論是校慶運動會或是暑假幫忙帶學弟妹的營隊。

　　很多時候，回頭看，幫孩子做選擇，當下的決定未必是正確的，只是，那已經過時間的驗證，沒有辦法後悔了。

阿樂，像兒子的女兒

國中新階段才剛開始，原來後面還有更多的坎。

阿樂走了，整理她得抽屜，她仍留著許多同學寫給她的生日卡、便條紙，她很念舊捨不得丟，甚至只是一張小紙條也保存得好好的。

在阿樂書桌抽屜看到一張用麥當勞便條紙寫的，是阿樂的筆跡，國中早熟的心思。

「人總是會被現實逼著釋懷，即使是多麼糟的情況。」

雖然轉到公立的國中，但卻仍因過短的髮型，被主任叫到辦公室當眾羞辱，會釋懷嗎？在多年後，她曾和大學同學提及往事，其實沒忘。

住家附近有威秀影城，在孩子小時候，我會帶她們去看電影。阿樂是個很喜歡看電影的孩子，長大後，經常約同學看電影，或自己一個人去，有時也會租影片回家看。她看的影片，超乎我想像的廣泛，尤其對老電影或黑白電影很感興趣，喜歡追問歷史，問以前年代的事，對古著、古物都很感興趣，我常開玩

笑的對她說，妳的身體住了一個老靈魂，頑皮的老靈魂。

2011年9月11日 阿樂臉書發文（13歲）

　　昨晚看完賽德克巴萊，看晚場的人還是好多，看完後就晚上1點了，走出威秀後，實在覺得頭暈暈，所以回到家就死在房裡。不過，真的蠻好看的啦！我了解到為何威尼斯沒得獎了，魏導鏡頭下的感覺和那種深刻的感觸，我想，該不會是那些粉紅臉的外國仔能體會的吧！

　　不知是不是只有我感觸這麼多，其實，這片看完後，心情覺得頗沉重的，無法言喻。

　　的確，即使輸掉身體，但絕不能輸掉尊嚴和靈魂！

2013年11月9日阿樂臉書發文（13歲）

　　人一定要有目標，不然就只是塊臭鹹魚。

　　雋永，就是像唐詩般即使千百年後還是值得讓後人細細品味其意境。

　　我是個平凡人類，不奢求多偉大的存在，也不想

活的像鹹魚。

　　明天7：00熱血衝山頭！

2013年12月7日 阿樂臉書發文（15歲）

　　（民德國中畢旅）

　　還是習慣5點起來弄頭髮，看著室友的睡相偷笑。

　　6點後被我吵醒的你們，一起在窗前眺望無敵海景
配日出。

Day1在操場罵肥肥女，在車上嫌氣氛不嗨，經歷蘭花探險世界後，大家全醒了，從新營吵到木柵。

犀牛在打架，猩猩在抓屁股，看著鴕鳥背影大叫林聖崴快出來。

Day2在野柳看石頭看海豚看魚，真理大學感受管風琴帶來的震撼。

淡水老街和日本女高中生合照，覓食完畢看夜景。

車上看被遺忘的那五年看到哭，結果隔壁在用劇情賭錢。

Day3最後一站六福村，在雲霄飛車上聊天，一個轉彎撞到頭。

在風火輪停止最高點倒吊的時候，我整理頭髮看到別人尖叫，覺得超好笑。

歸途只剩後排還醒著，校門口目送豆豆離開。

三天一場畢旅一場夢
影像是一種紀錄的形式
刻劃在心中的則是最真實的感受
慶幸有你們陪在身邊共度
腦中畫面是一起在房間看風水世家的夜晚
無法讓世界停止旋轉

阿樂，像兒子的女兒

無法讓時間從頭來過
但能擁有這段回憶，我很滿足很快樂
無限感恩與久久不能褪去的感動

　　阿樂喜歡揪人看棒球賽，球衣、加油棒，一應
俱全，十分投入。國中經常一起看電影的同學們，在
畢業後仍不間斷。記得有個台語很溜的台客同學，假
日經常和她搭公車深入各鄉鎮，後來她也經常獨自搭
車到鄉間探訪各地，瞭解各鄉鎮的文化特色、風土民
情，喜歡和老人、廟公聊天，對於歷史更是興致勃

勃，常愛追問我幾十年前那年代曾經歷的事物，對於我的敘述露出一副不可思議的神情，我常笑她，妳這個老靈魂！

國中畢業的暑假，阿樂揪幾位同學搭客運、火車環島，行前看她寫了密密麻麻的計畫書，車站、車程、住宿、景點……，當她環島回來時，掩不住興奮的神情，她告訴我：「人的一輩子一定要做件以後想到就會笑的事，環島就是。」

2013年12月11日阿樂發了一篇抱怨文（15歲）

我這個髮型都維持超過半年了
到底你是怎麼樣想法要毀掉它？
無燙無染這只是一種技術！
我都跟校長問過很多次了，怎麼就只有你想整我
大不悅是因為很莫名其妙被冠上了一項沒被明文

規範的罪

只是以貌取人的理由，很難讓人接受，懂嗎？

喔，我這樣不符合

你是聽誰說認真讀書的學生有一種標準造型？

給長得像人腦卻像海綿多孔的生教先生

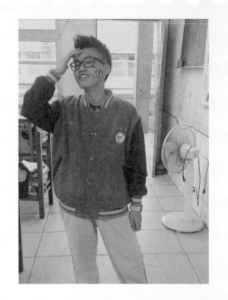

面對學校師長違反教育部的規定，髮禁早已解禁多年，仍以此來懲戒學生甚至貼標籤，回想當時，我應該更早站出來的。

記得曾看過一部電影，裡面的兩句台詞讓我印象深刻。

「教育是以生命影響生命。」

「每個人一生中，總會遇到一位值得你掛念著的好老師。」

阿樂

我覺得在孩子的成長過程，除了父母，學校老師也是極具有影響力的，甚至可能改變孩子的一生。老師，不只是職業，也是助人的志業，心中有愛，就像陽光溫暖孩子的心，照耀孩子的世界。

2014年3月9日 阿樂臉書發文（16歲）

反正躲不掉，還不如就儲備最好的狀態去迎接挑戰。

我的基本功不夠，但我願意付出時間密集練習。從原本的生疏，到慢慢能掌握構圖準確度，從這些小進步，獲得更堅定目標的動力。雖然付出的努力，不一定能得到同等回饋，但為了一路上相信我肯定我的人，是該盡所能的去放手一搏。

這幾天絲毫不覺得疲憊，是種築夢踏實的感覺，日子將不再虛度了，有種能量在蟄伏等待爆發。

2014年6月6日 阿樂臉書發文（16歲）

成績出來了，準備填志願了。

感覺腦袋糾結，思緒凌亂，一時之間也整裡不清楚。

明明成績不錯，卻沒辦法填相對應的學校，被囚禁在制度下，也只能認命。

2014年6月13日 阿樂臉書發文（16歲）

　　（我很喜歡這篇文，重感情的阿樂在國中畢業前寫下的，我把它放入告別式追念影片中）

　　　　原來要畢業的感覺是這麼空虛，
　　　　轉瞬就把三年的時間走到了最後
　　　　感謝一路上有你們帶來的溫暖，
　　　　不只是朋友而是更像家人的感覺
　　　　在人生的漫長道路上，
　　　　因為一段似偶然般的必然機緣
　　　　我們相遇相識，重疊了彼此一段美好的時光
　　　　有一個段落的結束，才能開啟下一個篇章
　　　　不管下一段旅程是否會更好，
　　　　我們都得去面對接受
　　　　希望在下星期一的畢業典禮上
　　　　無論禮成後的臉是哭著或笑著
　　　　我們都能以一個情深意重的擁抱互說再見

阿樂

記得畢業典禮結束後，中午阿樂回到家裡，一直坐在電腦桌前，盯著電腦螢幕上一張張照片，口中念念有詞地說：「真的畢業了喔！」，看得出她的不捨，感嘆時光飛逝，捨不得和同學分開，重感情的阿樂，畢業典禮上胸前別的那朵紅花，在她離開後整理她的物品時，發現還收藏在她的房間櫃子裡捨不得丟棄，每個同學寫給她的生日卡、細小紙條、紙片，全都收藏好好的。

2014年8月2日 阿樂臉書發文（16歲）

單身第16年
七夕是一個一直無法給我任何特殊意義的日子
讓人感覺比較差的是想去全家吃個冰還要買一送一
去吃個飯到處都是閃光情侶
沒位子只好提早去補習班發呆
不心酸不寂寞，慶幸因為是單身
才能有更多時間為自己製造生活中的小確幸

阿樂，像兒子的女兒

2014年8月9日 阿樂臉書發文（16歲）

　　早上沒帶傘出門真是失策
　　被暫時性藍天白雲詐騙了。
　　還好今天很邋遢，才不會覺得被淋濕多心疼
　　剛才在等公車的時候雨勢越來越大
　　突然就一個女孩主動拿傘過來幫我擋雨
　　也是剛下課要回家，
　　隱約覺得應該見過面只是我沒記住
　　覺得當一個人，
　　實現一個別人不太會想到去做的行為，
　　而且是正面的
　　那麼他就跳脫平凡了，
　　也不需要任何多了不起的作為
　　一點溫暖的小舉動，
　　就能讓旁人感受到由心向外擴散的美

2014年11月21日 阿樂臉書發文（16歲）

　　越接近學期末端，就越感覺焦慮惶恐
　　越想堅定一個目標，就越質疑自己的能力
　　早就被踐踏殆盡了，何來的信心？
　　我可能再也遇不到像數學老師

阿樂

這樣溫暖又深刻的老師了
慶幸還有人願意和我談談給予信任
不是想疏離誰，只是還沒把情緒整理好
還無法帶出一個真誠的笑容
不是問題，會好的
既然是掉入已設下的幽谷，
就一定有辦法自己爬出來迎向陽光

經過選填志願阿樂上高中了，一所私立教會學校，歷史悠久百年學校。

　　我曾感嘆，在同學中這麼受歡迎的阿樂，許多同學都這麼喜歡她，每次和同學約出門前，總能感受到她的開心喜悅，但她為什麼碰不到懂她的老師？是因為髮型外觀箝制了她？

2015年7月5日 阿樂臉書發文（17歲）

〈飛翔苦瓜〉
我很喜歡苦瓜，最好要是極致的苦才行
這樣的味道有種魔力，嚐起來非常迷人
尤其在最後往往伴隨著苦盡甘來的尾韻

生活也是如此吧！只是還得耐心等
等待，終會到來的回甘滋味

#找出堅定信仰的理由
#保持希望才不致絕望

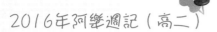

2016年阿樂週記（高二）

自從上了高中後，在短短一學期內多了超過十公斤的肉，記得入學前的暑假，上衣穿S號都還有點鬆呢！現在那些衣服當然都不能穿，因此在這近一、兩年內，穿衣風格和心境也有所轉換，以前追求的是合身甚至窄身的古典正裝和Hi Fashion，現在則多選擇American Casual，乍看之下是流行度不高的earth tone，實則以用料、工藝為其價值，雖說多是百年品牌，但在現今高度機械化和全球化帶來的低價勞工的衝擊下，這些品牌在市場上早已不具競爭力，沒有價格優勢和高度流行性，因此在年輕一輩裡鮮為人知，現代人根本不正乎產品用料、車工如何，以及繁複的傳統工藝製程，不需要一雙可以穿十年以上的鞋，能夠父傳子的外套，只要便宜使用一季（三個月）就丟的空有其表的貨色，對於這種現象著實令人感到惋惜。

阿樂自從小學五年級以後，除了學校的制服之外，沒買過女裝、女鞋、女性內衣，不需任何言語，我們有著彼此的默契與認同。她的穿衣風格，在國中、高中、大學，有不同的變化，阿樂曾說過，我穿的衣服不是為了給別人看，是因為自己喜歡。

　　清明連假期間，和媽媽搭火車一日遊。

　　春天是百花齊放的季節，日本也正值賞櫻的旅遊旺季，因為媽媽工作的關係不方便這時請假，所以從沒在春季時，前往日本感受被粉色花海包圍的氣息，不過即使身在台南無法出遠門，也可以看到國際十五大最美花景——白河林初埤木棉道，得先搭火車到後壁站，再轉乘幹線公車黃10前往，前一晚上查完資料後，隔天一早6：20便和媽媽一同出發前往火車站。但是黃10公車一天只有六班，每班間隔三小時，抵達後壁後才發現剛好錯過一班，因此便決定更改行程去車程10分鐘的菁寮老街。後壁區位於台南最北端，緊鄰嘉義高鐵站，隨處可見綠油油的水稻田，也是紀錄片「無米樂」的取材地，抵達老街後，我們便驚喜於它的生氣勃勃，不同於以往認知的鄉下小農村印象，亦不同於頭城老街空有整排舊式洋樓，卻幾無人煙的感受，在那裡待了好久，地方上的老人、婦女的親切好客，讓人忘卻時間的流動，也因此更加認識了這首次到訪的溫暖小村莊。在和在地人的閒聊過程中得知，菁寮老街有產許多製作藍染的天然素材因而得名，也因其地理位置的關係，是以前鹽水港的貨物要運往諸

羅縣時的必經之路，在當時是許多商人、旅客的來往之地，十分繁榮熱鬧，如今則留下許多老舊茶室、酒家、菜店、客棧。

2016.05.01（高二）

「莫聽穿林打葉聲，何妨吟蕭且徐行。」

陣陣細雨、濃霧、涼風。
如同走進了詞中所寫的場景，同樣蕭瑟
一路上的思緒全被蘇軾這首〈定風坡〉給佔據

根本無暇再想其他煩心的瑣事
巧的是我事前沒料到會一直下雨
沒帶傘只準備了頂寬沿登山帽戴
倒也符合了「一簑煙雨任平生」的瀟灑樣
俗人如我，不夠偉大，難以有這般豁達的胸襟
至少，此時此刻專注於眼前美景的同時
纏繞心頭許久的種種煩悶，暫且擱下了

難忘的母親節

2016年5月8日深夜在家，阿樂傳了訊息給我：

「上了大學以後就不必擔心會被管頭髮了，是這樣嗎？」

「好好忍耐，只剩一年了。」

應該說還有一年才對吧！對於像這樣迂腐的思想，不合時宜且主觀意識強烈的規定，是上對下的霸凌。

師者，傳道、授業、解惑也。就我的觀察所見，比起教學，學校方面更為注重外在形象的包裝，著實令人難以理解，公立學校即使不這樣巧立名目的設下各項規範，仍能教出優秀的學生，更別提歐美國家的學校了，即使在規範如此寬鬆模糊的情況下，難道青年學子們就不成材沒出息嗎？

反觀長榮中學的現象，不多花點心思去處理那些真正破壞校園良善風俗的人，抽菸、作弊、霸凌、口出穢言……諸如此類的等等，這些都是每天真實發生

在校園內的事，學生們個個心知肚明，但應該導正錯誤，傳授我們正確知識和觀念的師長，卻只在乎有哪些同學妝化得濃了些、髮型異於同儕，急著想揪出那些他們所謂的標新立異、特立獨行、破壞傳統規矩的人，這難道是源於一股自卑感作祟嗎？就好像讓全體學生看起來都一模一樣了，就不會有人胡作非為，這無疑是金玉其外敗絮其中的作法。

是啊，我的確是希望學校的校規能因我而有所改變，能夠破除無謂的框架，放大格局，專注於學生品行的教化、知識的傳授，教育的本質不就是如此，別在想方設法的霸凌那些言行舉止良善，明明沒做錯事，卻僅僅因為看起來沒和大家一模一樣的同學。

今天我是受害者，但我不奢求那些對我造成傷害的師長能夠給我一個道歉，畢竟心理的傷痕已經刻得太深了，再說像他們那種想法根深蒂固，不容質疑和動搖的人，即使道歉了也不會是真心的，我不認為我有辦法輕易放下這段傷痛的記憶，不過如果就這麼算了，往後還會有更多和我一樣情況的受害啊！我認為我所堅信的是正確的事，擇善固執，從現在起亡羊補牢，為時未晚，曾經錯過並沒什麼大不了，惟令人擔憂害怕的是不知修正繼續錯下去，使更多的孩子帶著

心裡巨大的陰影長大成人，若是自制力不夠的孩子遇上了一模一樣的事，難保進入社會後不會有扭曲的人格，偏差的行為，多數罪犯也是如此吧。

我永遠記得謝姓老師曾對我說過，這是怎樣？你每天頭髮都這樣搞，以後打算怎麼辦，你不想考大學了嗎？像你現在這個樣子要跟別人考什麼大學啊？也曾有位張姓老師和一位調去職科的教官兩人說過很類似的話：我不會允許長榮中學一百多年的優良傳統和歷史毀在你手上，別人看到你之後會怎麼評價學校？你期待什麼？難道還想著現在的校規會因你一個人而改變嗎？

那麼我到底是什麼情況要被這樣言語攻擊羞辱的體無完膚呢？不過就是兩側剪短，把會蓋住視線長度較長的頭髮綁起來而已。

我只有17歲，在法律上未成年，甚至沒有任何社會地位，我說的話沒有力量，大多數人不把它當一回事，如果你能夠不怕麻煩的為我出聲，站出來替我爭取應有的正當權利，我就不會每天出門上學之前都得內心掙扎一番，最後帶著沉重的壓力過完一整天。

是說打了這麼多話，也許你會認為我平常看起來都好好的，所以也就不當一回事。我也只能說，我真

難忘的母親節

的不善言詞，我有自信可以花3個小時的時間，統整所有想法，而後寫出一篇完美作文，但就是沒辦法把這千頭萬緒，用說的方式流暢的傳達出來。

　　經過多年以後，再次回想當時我的心情，那是一個永遠難忘的母親節。

　　那一年的母親節，一大早起床，我習慣先看看手機裡有沒有什麼訊息，當我看到一則訊息，是阿樂在半夜傳給我的，很長很長的訊息，看完了，不自覺地已淚流滿面。

　　我坐在沙發上靜待，阿樂起床了，她走進客廳，就在沙發不遠處，她停了下來，看著我，她知道我已看了訊息，她在等我的反應。

　　我望向她說：「妳過來這裡。」

　　阿樂緩步走了過來，我一把抱住了她，我說：「媽媽知道了，我會處理。」這時，阿樂的眼淚掉了下來，她不是個愛哭的孩子，心裡的委屈到底忍了多久了？

　　她哭著說：「媽媽，妳常常幫助妳的同事們，為什麼妳不幫幫我？」

　　心好痛，一個孩子在學校不是被同學霸凌，竟然

是學校！

是啊！就如阿樂說的，亡羊補牢，猶未晚啊！

「妳上次說的班級唱詩歌比賽，結果如何？」我突然想到的問。

阿樂臉一沉回答：「我沒有上台。」

「蛤！沒有上台？為什麼？」我驚訝地問。

「因為我的髮型，老師不讓我上台。」說著說著，她的眼淚又在眼眶打轉，感覺她極力忍住。

阿樂沒哭，但我哭了。

經常遲到的她，很期待唱詩歌比賽，比賽那天還特別早起啊！

教育部一直強調已沒有髮禁，而學校堅持所謂的傳統，竟是讓孩子像犯天條般的被羞辱，她做錯了什麼？犯了甚麼校規？校規有規定女生的頭髮不能剪很短？老師、教官的性平教育及格嗎？一個孩子的髮型可以毀了學校百年優良傳統歷史？

因為這樣的被對待，孩子不想上學，因為這樣她身心靈受煎熬，自己偷偷跑去看心理醫生。更讓人心痛的是，她那麼期待的唱詩歌比賽，希望班上拿到好成績，還未比賽前，曾焦急地對我說過，班上的同學們怎麼不趕快練習啊！都快比賽了，結果竟然是眾目

睽睽之下不讓她上台，就只因為她太短的髮型，一想到阿樂當時在禮堂的心情，不禁心痛落淚，一個17歲的孩子，她做錯了什麼？為什麼要這樣對待她？

我為她站出來了。我的孩子沒有錯，髮禁早已解除多年，剛好那時新聞報導又再次重申強調學校不能因為髮禁而處罰學生，學校師長對她這樣應該算是霸凌了，不是嗎？

我傳了簡訊、打了電話給導師，甚至強烈表達要親自到校溝通，導師給我的答覆是她會處理。

如同阿樂說的，亡羊補牢猶未晚，阿樂開始讀書了。雖然她還是經常遲到、請假，但竟然開始認真讀書了，是為了拚給那些瞧不起她的老師看嗎？基礎不好的她，距離考試僅剩7個多月，下定決心，每天下課後主動到K書中心讀書，她的努力我看在眼裡，頗覺欣慰，每當夜晚我去接她回家，她總開玩笑地靠在我的肩膀說她讀得快掛了。

高三阿樂的週記

　　開學的時候跟蔡侑良買了一張他沒用完的K書中心卡，還剩下4/5的時數，但我只花半價就買到了，

超划算的，以後要常常去。以前也跟侑良去讀過一次，但這次是第一次自己一個人去，有點緊張，選了一個最靠近走道的位置，雖然椅子很爛，坐下去就掉很多，但真的滿安靜的，只有冷氣運轉的聲音和翻書頁、換筆的聲音，在加上旁邊用木板隔起，比起在家或在學校讀更不容易分心。每個禮拜去至少四天，18:00-23:00，很開心自己複習的進度終於能照著原先的規劃走了，以前都會落後一些，不過五個鐘頭裡多少還是會有放空的時候啦，但只要確定自己每天都有讀書，面對即將到來的學測，多少還是能感到踏實些。

阿樂高三的週記

　　已經好幾個月沒跟班上那群人一起玩了，像這次中秋烤肉也沒跟他們一起去，感覺關係疏遠了些，其實讀書是件孤獨又沮喪的事，我以前最喜歡在台南市的小巷裡隨意走走，或是搭火車、公車去鄉下散步，現在都無法了，時間一天天過，心裡頭也慌，難得假日整天可以用，哪敢鬆懈。最近翁欣好放學也都會跟我一起去K館，很高興終於不用自己去吃晚餐了。

　　歷史老師是個很有意思的人，雖然年紀大，但說

難忘的母親節

的話很有智慧，也常會分享很多特別的經驗，很多同學都喜歡在歷史課睡覺，但我最喜歡就是歷史課了。

　　阿樂走了之後，我再度滑到在那年母親節前夕，寂靜的深夜她傳給我心痛的訊息，不是為了批判誰，只是想著現在還會有和阿樂一樣的受害者嗎？當我再仔細看到她訊息提到曾給她溫暖的數學老師，我好想向他說聲謝謝，謝謝他當時溫暖了阿樂的心。

　　我傳了訊息給阿樂的高中導師，請問她是哪位數學老師，但後來又仔細回想，應該是國中時期，我有點時空錯亂了。

　　記得國中時期，阿樂也因為髮型被叫到辦公室，當時的主任要她打電話給爸爸，她回答：「我的爸爸死了。」主任又說，那打給妳媽媽，當時阿樂在老師辦公室打電話給我，上班中的我沒接到。當天回到家，她眼眶泛淚，告訴我：「媽媽，妳為什麼沒接電話？」我說：「剛好在忙沒注意到，有事嗎？」她說：「媽媽，妳知道我有多麼無助嗎？在辦公室老師們看我的眼神，妳為什麼不來？」唉！原來學校的主任認為好學生、可以考上大學的學生，是有標準髮型的，原來公立國中還是一樣無視髮禁的解除，可以踐

踏學生的自尊。

在告別式的前一天下午，高中導師帶領了一大群高中同學來到殯儀館，同學們面露悲戚，我對老師以及每位來看阿樂的同學們心懷感激，謝謝她（他）們來看阿樂，雖然已經畢業三年了，仍沒忘記她。我告訴每一位來悼念的同學們，愛要及時，表達愛父母的心大聲的說出。

告別式後幾個月，高中導師約我見面了。之前只是匆匆一瞥，見面後感覺她比我想像的還年輕許多，我也謝謝她在最後來看阿樂。她告訴我，姿瑩在高中畢業之後，曾和同學們回學校找她，並開心的對她說，老師，妳之前教我們看稜線，我那時不懂，現在我開始爬山，終於懂了。

我和老師聊著姿瑩大學的生活，她人生經歷的故事。

「關於唱詩歌比賽那件事，那天我沒讓姿瑩上台，我當時的決定是錯誤的。」老師說。

多年以後，我聽到了老師這樣親口告訴我，雖然阿樂沒辦法聽到，但應該會釋懷了吧！

麥香紅茶鋁箔包廣告和其他幾位同學

東華大學

　　要填志願了，阿樂在電腦螢幕前研究該選哪個系所、哪個學校，五花八門看得我眼花撩亂，很多系所的名稱我根本沒聽過，甚至從系名也看不出到底在學什麼。一直以來阿樂對於服裝搭配、流行時尚蠻有想法的，所以我建議服裝設計可以列入選項之一，向同事打聽了一下，去面試時大家都會準備作品集。

　　「同事說她的孩子去面試都有準備一本作品集，妳也要趕快去做，不然怕會來不及喔！」我有點擔心的對阿樂說。

　　「作品集，喔，好！」她淡定的回答我。

　　隨著時間一天一天地過去了。

　　「媽媽，我等一下會再出門。」阿樂說。

　　「這麼晚了，要做什麼事啊？」我問。

　　「老闆有個地方印錯了，不是我想要的效果。」阿樂指著封面說。

　　一本作品集印出來了，雖然沒達到阿樂的標準印刷，但畢竟只有印一本無法要求太多，為了趕在面試前能完成。

當我看到這本作品集時，既驚訝又佩服。阿樂自己獨力完成，連去哪裡印的我都不知道，內頁裡的內容、文字敘述，呈現的就是她的生活學習、歷練與感想。已許多年未再擷起畫筆的她，雖是簡單的圖像與敘述，充滿自己的想法與見解。

　　高中時期，對於「藍染」，阿樂非常喜歡，大量自學許多藍染的知識，不斷地分享教我，也購買許多單寧牛仔褲、外套，現代的、古著的，研究它們的演進歷史和每個製作細節，她經常滔滔不絕的向我介紹、解說，並要我仔細聆聽，而我總是傻傻地分不清、記不得，那些關於織布機的演進、布料的種類、各時期的設計細節與特色……，因為有興趣去鑽研，這些已內斂成為阿樂生活知識的一部分了。

　　並沒有因為課業的壓力放棄喜愛，假日休閒仍舊四處走訪許多鄉鎮，感受各地鄉土人情，這也是我認為短時間作品能完成的因素，不須刻意，因為這些早已烙印在她腦海裡了。

　　經過面試，幾所大學都通知入學，最後決定落腳在東部的花蓮壽豐。阿樂的人生展開了新的里程，東華大學藝術創意產業學系。

　　花蓮壽豐是個多雨的地區，濕度大，對於一直生

活在陽光普照的南部的她，初到壽豐非常不適應。

　　殊不知半年之後，她深深愛上了花蓮。花蓮的山和海，可以每天如此的親近，阿樂臉上的笑容燦爛了，像陽光般的孩子，奔馳在東部的山與海，盡情地享受著，歡愉地呼吸著，藍天白雲、青山碧海，原來她是屬於大自然的孩子。

　　「我今天早上6點就出門種田了喔！」阿樂傳了一張蹲在田裡的照片。

　　「我的社團朋友們跟學校附近的豐田村發展協會租一塊地，我們在種地瓜，我9點回家梳洗，下午1點再去上課，我今天過得超級健康的。」

　　之後我看到有其他同學在網路傳了地瓜收成的合照，照片裡沒有她，經常去耕作，收成人卻不見了，我笑說這真是「只問耕耘，不問收穫」。

「我今天下午下課後和同學去黃昏市場買菜，市場阿姨還送我玉米喔！也教我煮菜。」阿樂傳了張她煮菜的照片。

「我煮的很好吃，只是外貌不佳，請問我的媽咪呀，怎麼煮出漂亮又美味的食物呢？」

「今天市場賣菜的阿婆看我可愛多送我好幾樣菜，我的小廚房要加菜了。」

「我做的莎莎醬，真的超級美味，我簡直是天才啊！下次回家做給妳們吃。」

「媽媽妳知道馬告嗎？就是原住民的一種香料，我今天做馬告烤豬肋排，非常好吃，下次我帶馬告回來給妳煮看看。」

阿樂上了大學之後，很喜歡原住民的飲食和文化，姐姐還曾開玩笑地說阿樂下輩子若投胎當原住民一定會很快樂。

每當阿樂回家，我總會去市場採買，烹煮她愛吃的菜餚，她也喜歡跟著我到傳統市場，好奇地看著魚販、肉販、菜販們叫賣著各種食材，感覺新奇又有趣。每當我看阿樂大口吃著我煮的菜，很有成就感。

看著阿樂吃的開心，我總會問：「好吃嗎？」

「還好啦，但我覺得媽媽妳退休後可以去開熱炒

店。」每次吃完她總會這麼說。

　　這應該算是讚美吧！而我也總是笑著說，媽媽退休了妳還要我這麼辛苦喔！

阿樂的筆記本

1. 搭便車環島
2. 拉勞蘭部落收穫祭
3. 佳樂水打工換宿學衝浪

阿樂

阿樂的環島手寫筆記

2019.07.14-22

　　7月14日的半夜，找資料，安排大概的行程，一直到四點。十點醒來，一邊洗衣，一邊思考，到底要不要出發？好像決定的太匆促了。

　　下午四點背上背包，站在志學派出所附近的清心茶店，嘗試攔便車，我給自己15分鐘，如果都沒車停下，我就再走回家，然後晚餐去吃吉爾泰。

　　等了大約7分鐘，停下一台8人座深綠色廂型車，平日是富源到道場，順路載我至光復車站，獲得一袋餐包，一杯珍奶。師姐們氣氛很歡樂，她們都很愛大笑。

　　在光復後，攔到一台超大的十噸貨車，前面有吊鉤，是一對父子，兒子大我一歲，她們要去載插秧機，一路上一直碎唸前方的汽車駕駛們，大車意外的很舒服，不震。他們載我到玉里，玉里到寧埔（距成功還有10多k）。

　　小貨車司機帶我到寧埔派出所，司機希望我搭帳

在派出所周圍比較安全，向司機大哥道別後，天也剛好全黑了，我詢問派出所，唯一的年輕警員，我很不喜歡他給我的感覺，完全不想提供協助，我只要求警局後方一小塊可以搭2人帳的空地而已，還要我改去長濱派出所，距離至少10k，走在路燈非常少的台11線南下方向的路側，我不想北上回長濱，幸好在準備搭帳的烏石鼻海灘前，遇到營地阿姨，搭帳在烏石鼻海鮮營地，一晚四百元。

7月15日

（第二天）7:30從烏石港海鮮營地出發，往南，沿台11線，營地阿姨給我一顆很甜的芒果和一根香蕉。

剛出發就在北上道遇到兩位徒步環島者，拉拖車，互相加油！走到站牌，公車還有10分鐘，嘗試攔車，在攔到車之前，公車到了。我要去比西里岸部落，我在「三仙台」站下車，順遊了三仙台，只有在沙灘上拍照，太熱了，不想登島。

往回走到「白守蓮」站才到比西里岸，我剛才搭過頭一站，仍然很熱，看到了拉黑子的羊群，簡單拍一張相片，我在領頭羊右側的法樂海餐廳避暑，點一

阿樂

杯可樂。

9:25離開領頭羊身側，我要去都蘭。走在三仙橋，這是台11線的路橋下，又走錯路了。

遇到白色車的媽媽，車上有一姐妹、阿嬤，媽媽開車。她們是比西里岸的居民，正要去成功市區採買，載我到成功市區的台東客運。一路上我說，你們就住在海邊，一出家門就是海，媽媽說：可是海邊待久了，偶爾還是會想去山上，想往屏東跑。

我搭的8102公車，09:50開車，票價$107。

12:02臨時決定住在travel bag一晚，一入門就有鼠尾草味，很棒！音樂也還行，也許不只住一晚，一晚$400，衝浪教學$1300（這次沒有上）。

今天是都蘭豐年祭第一天，都蘭這裡的浪點、鉛橋、海灘，是往北上經過都橋，從一個「阿美」的招牌旁邊的小路往下走到海邊。可能因為7月7日剛結束海或的迷幻，在都蘭這裡有極相似的氛圍，熟悉，軟爛。不過台東的陽光又比花蓮可多一些，溫度也是，本來沒打算停留都蘭，預期是在金樽漁港旁邊的浪點暫停大約三十分鐘，看看海上的浪人，就離開台東的範圍了，下一站是旭海，我的行程慢了。

在東部，大家都是外地人，遇到的人幾乎不是當

阿樂的環島手寫筆記

地人，不過表現的自在，但還是有新移民的感覺，我應該戴上我的項鍊們的，雖然在趕路時，它們附在汗水的身上，肯定不太舒服，但是穿著螢光色排汗衫的我，真的好難融入。

　　大約15:00的時候出發去參觀都蘭的豐年祭，又遇到早上在比西里岸載我的白色車媽媽，好巧。我想向這位媽媽請教有關在豐年祭看到的頭飾，它們各自的差異，很遺憾她也不太清楚，她說她幾乎不參與自己部落的豐年祭，因為平常工作忙。在豐年祭會場外圍的烤肉攤，遇到兩位從日本大阪來的大叔，他們也有去今年的海或，他說他是以表演者的身份去的，演奏handpan。

　　我在鉛橋海灘待到大約17:40，很多人在衝浪，這裡的沙是黑細碎的，很接近台南漁光島的沙，浪很好看，浪形不像花蓮這麼猛烈，又比屏東的浪再更厚實一些。

　　今天的晚餐「哇哇哇大骨麵」，18點多到的時候只剩湯麵，湯麵很普通，除了麵以外，只有少少的菜片，滷味超貴，這一餐200多元（超出預期支出）。

　　晚上在一樓的交誼廳寫日記，一個大我兩歲的姐姐，她會在沙發區睡四個晚上，我從旁邊的7-11超商

買了兩瓶酒，我正要開喝旅程的第一口酒，而她早已喝了一些，突然乾杯，我和她分食米可樂果，她和我分享一點酒的知識，新竹人，在台北的掌門微風店打工，對「新瓦屋客家文化保存區」完全不認識。她喜歡酒，她抽菸，她熱衷獨立樂團，她是大學滑板社的公關，她覺得天蠍座的人很難相處，她請我菸，擅自把7-11門口的親切野貓取名叫舒米恩，她有去今年的覺醒音樂祭，她也喜歡孔雀眼樂團。她給我的感覺真的很像李舫，她是另一個李舫，可能是因為這樣，所以我才會只跟她相處不過幾個小時，就很喜歡她吧！大約02:00各自前往睡覺，約好04:30去海邊等日出，不過我們都睡過頭了。

7月16日

我睡到大約09:40才醒，梳洗，打包，她睡在二樓沙發區，旁邊有個瑜珈男。今天的早餐是兩片烤吐司和兩杯咖啡，一些香蕉塊，她醒了在10點多，接近11點的時候，她買了一條牙膏給我，我沒能和她有更多對話，大概在11點多出發。

我往前走，南下方向看到的第一個紅綠燈，站了至少10分鐘，運氣慢慢在消耗了吧，終於攔到一台深

阿樂的環島手寫筆記

色小休旅車，我說我要往台東方向，後來得知副駕駛座的大哥會再從台東開自己的車到太麻里，所以他們說到了台東後，先放我在台11線的南下路邊，我繼續走，副駕的哥哥大約30分鐘以後會再開車追上我，然後帶我往太麻里去。往台東的路上，開車的哥問我，妳知道「飛鼠大學」嗎？我想著：好模糊的記憶，我知道我聽過這個名字，此刻卻怎麼都想不起來，這個名字到底是什麼意思，我又是從何得知的。副駕的哥接著說：那「山豬學校」聽過吧？國小、國中的課本都有喔！這個我有印象了，我說：「是sakinu寫的那個，對吧？」，副駕的哥接著說：「那麼，妳知道妳現在坐的是誰的車了吧？」這時，開車的哥說：「他就是sakinu啦！」

他們兩個看著我很驚訝的樣子，大笑。我是第一次離課本作家這麼近。開車的哥載我到台東市的外環後（台九），sakinu說他還有事，我先下車繼續往南步行，他大約三十分鐘左右會再開車追上我。下車後，我沿著南下方向的台九線走，走過一座橋，走過兩、三間檳榔攤，想著不知道今晚能不能如預期的落腳在恆春，想著走著，也就沒怎麼注意時間的流動了。突然一台小沙灘型的休旅車靠著路肩，緩緩地跟上我，

車上的駕駛一邊緩慢前進，不時轉頭看我，我一時之間沒認出來，因為剛才的撒可努有戴一頂卡其色的漁夫帽，現在的他是沒有帽子的平頭，一路上，他跟我分享了很多生命經驗，也說了品舜哥的故事，他說他很喜歡載搭便車的人，因為可以互相交流彼此的故事。品舜是他三年前在台東的東河包子遇到的，那時候的品舜正在徒步環島，撒可努和他聊天，問他要不要去拉勞蘭部落看看，之後品舜很喜歡這裡的一切，他想留下來，撒可努說：你當然可以留下來，不過你要告訴你的爸媽，你會在太麻里這裡完成你未完成的高中學位，二十歲再讀高中，不算太晚。所以品舜從那時候起就一直待在部落，三年前的他從基隆出發，現在他不想再走，他定下來，就在這裡。撒可努說品舜剛開始就像一般的都市平地人，所有在部落裡生活需要的一切技能都從頭學起，包含與族人相處的方式，例如：部落裡的媽媽都很熱情，如果她們邀請你去家裡吃飯，千萬不要拒絕，這樣很失禮，她們會認為你不喜歡她們煮的飯。經過三年，現在的品舜是全村最會磨刀的男人。撒可努說他這幾年一直想告訴大家，原住民的身份不一定是世襲，平地人如果喜歡原住民的文化，並且有心想要傳承，透過學習，那他也

可以是原住民。

快要到太麻里的時候，撒可努停在路旁的便當店，替我買了午飯，也替正在蓋山屋的工人買午飯，他問我要不要順便去部落走走，上山看看山屋。到了部落的入口，他又停下來買一些啤酒，然後是陡上的之形林道，一開始我嘗試記路，但因為實在太多叉路了，有時取左，有時又取右，後來我就放棄了，對我來說好複雜。山屋是兩層平台，上面那層平台的屋子已經接近完工了，還沒上門，這時候幾位工人正在砌步道和圍籬，山屋有好大一扇面海的窗，東部的海，尤其台東市以南，每次映入眼簾的壯麗，都足以讓我心裡落淚，美的讓人心碎。

（註：接下來的一頁筆記，應該是阿樂和搭載她的作家之間的談話，阿樂紀錄下來。）

在這個時代，孩子能透過網路知道全世界，那父母的功能剩下什麼？除了填飽他的肚子，我還能給孩子什麼？

我想帶著他走遍世界上的土地，教他呼吸家鄉土地的味道，感受陽光照在皮膚上，碰觸泥土的軟。

美感教育不是繪畫課，不是寫作，你看著今天頭頂的雲，你看這片海，海邊山巒的起伏，你能夠欣賞它了，你明白大自然傳給你的感受了，這是美感的練習，美感教育應該是這麼一回事。

一個地方要能走得長遠，不是它多有趣，多好玩，而是這個地方的歷史內涵深厚並且保持完整，這裡的人真誠的對待彼此，即便你是外地遊客，讓遊客打從心底認同這個地方，待著待著就捨不得離開了。

小時候，外婆要我每天5點送早餐去漁港邊給跑船的外公，年紀小的我不明白，也不想早起，直到我第一次送早餐後，我從此不再需要外婆罵我趕我，時間到我就去，因為那天早上我提著早餐，踩在沙灘上，我看著經過一整晚被風被浪整平的沙灘，平坦，一點皺也沒有，黏熱的海風吹在臉上，陽光照在皮膚上，我感受這一切，然後我再回頭看我走過來時的腳印，這是沙灘上唯一一行腳印，從此我知道，這一切是我的，我偷來的，送早餐的這件事，讓我得以獨占這一整個享受，再也不會有人複製的感受。

你要感受39度的熱衰竭。很冷很冷，甚至零下，冷到接近昏倒的那種，從此你才會明白，到底熱和冷是什麼一回事。這也是你對生命的感受，只要你能明

白，你必須靠自己明白。

讓人走回山林，這是我想做的。長輩常說，這裡以前有溪，溪裡有魚，那現在呢？我不能告訴我的孩子：「沒有了。」，生態復育，是我們共同的責任。

7月17日

恆春到南投（集集火車站）載我的台東大學公共與文化事務學系張育銓教授夫妻。

停留在楓港7-11，停留東山休息站，獲得一份周氏蝦捲午餐加6顆火龍果。（張教授夫妻贈送）

集集車站附近到溪頭森林園區，載我的是兩個剛滿18歲不久的在地人弟弟。

在溪頭露營區搭帳，認識隔壁RV帳的台北下來的夫妻，每年7-8月都在這裡露營，帶了一隻年紀大，因為視障所以很容易緊張的小白狗叫momo，他們人非常熱心，借我一條毯子和一顆小燈（柯爸、柯媽）。

溪頭商店街在17:30分以後就買不到飯了，蚊子很多。

這幾天都沒有關心氣象，一路上從遊客的對話內容，以及朋友們的提醒，得知颱風要來了，22:00的溪頭無風無雨，希望明天可以平安且順利下山，我真

的很想完成這次環島。幾分鐘前，柯爸柯媽邀我明天和他們共進早餐和中餐，他們希望我在這多待一些時間，也避免在趕路時遇上風雨。

7月18日

01:00左右，在帳棚裡開始聽到雨聲，柯爸在外頭問我要不要去他們的客廳帳睡，他擔心我的小帳棚底部會滲水進去，其實這時候我已經快睡著了，是因為突然的雨聲才又清醒了一點點，我不想再移動了，所以我拒絕柯爸的好意，繼續睡了，關小燈之前還不冷，我將柯爸給我的毯子折成枕頭，大約03:00被冷醒，我又把毯子打開來蓋，就這樣一直睡到06:00左右再被陽光亮醒，不過因為溪頭海拔1145m的關係，早晨容易起大霧，在早上仍然下著不小的雨，陽光沒有像在寧埔和恆春的時候那麼刺眼，我賴床到09:00才出帳篷梳洗。露營區服務中心的阿嬤給了我一塊很大的costco馬芬，她說她覺得太乾了，不過一盒裡面好幾顆，她不想吃。這位阿嬤一直讓我有很親切的感覺，她長得很像我的外婆，髮型、粧容、穿著、說話方式都很像，大概是標準南部阿嬤的樣子吧！

我拿著馬芬走到柯爸那的客廳，柯媽也在，剛

吃完早餐，我煮水，沖了一杯咖啡，柯爸替我煮了兩塊荷包蛋，之後又來了兩位阿姨，我，柯媽，兩位阿姨，開始泡茶吃瓜子，我找不太到插入話題的機會，不過聽她們聊各式各樣的八卦也很有趣。中午，柯爸煎了三條小魚，一塊魚排，有白飯，一位昨天也來聊天的阿姨和叔叔炒了龍鬚菜、佛手瓜，一大鍋筍子貢丸湯，13:00以後另一位阿姨炒米粉，今天客廳帳裡來了好多人，非常熱鬧。

　　14:00的時候我和柯爸柯媽還有那些阿姨們道別，走到溪頭的客運站，搭彰化客運往彰化。

　　車程大約一個多小時，前段的溪頭山路我一直很想吐，好暈。索性先睡一下，到了彰化車站的時候，已經15:30了，我走往扇型車庫的路上，才看到登記入內參觀的牌子寫營業時間到16:00，所以我時間不夠進去看，我沿著那條路繼續走到主要幹道的大路口，天空是深灰色，我很害怕會突然下雨。邊走邊攔車，後來開始飄雨了，一台黑色小車停下來，我說我要往苗栗，黑色小車裡的哥哥說他沒辦法載我這麼遠，但可以載我到往國道的大路口，一路上他說他今年25歲了，以前唸大學的時候也常騎機車環島，甚至颱風天去中橫。到了國道上高架的大路口後，因為下雨了，

所以我決定定點在路口邊的便當店攔車，車流量很大，但是沒有車停下來，偶爾幾台車開過來，我以為是願意載我的車，原來他們是要買便當而已，站了20多分鐘，右手開始酸到抖了，我從背包取下「搭便車環島」的牌子，這是環島旅程至今首次真的用到它。左手舉牌，右手伸手比拇指。又站了十分鐘，有些心灰意冷了，心裡盤算著在附近找超商休息，這時又一部黑色小車開過來，因為它停在我背後10公尺左右，我以為又是買便當的，所以沒走過去，是一位阿伯提著便當走過來跟我說：「欸！他要給妳載啦！」，上車後，那位大哥跟剛才載我到交流道口的哥年紀差不多，而且也是鹿港人，鹿港人萬歲，感動哭！他說他不會進苗栗市區，但可以帶我到三義，他剛好要去三義載女友，路上，他問我說揪不到朋友一起搭便車環島的話，幹嘛不交個男友跟妳一起？也比較安全啦！（最好是說有就有啦！指定一個運動型，屁股很美的姐姐給我？）

　　他載我到三義藝術村裡的「正在旅行」背包客棧，今晚住這了。

阿樂的環島手寫筆記

7月19日

　　直到早上都沒有新房客入住，其實感覺不太好，我整晚一個人在地下室的十人房，地下室的空氣不太好，沒有窗，我無法忍受沒有窗的空間。睡了又醒再睡，直到09:30退房離開，我把剩下的三顆火龍果留在三義這間住處，故意留下的，雖然教授太太給我的火龍果很好吃，但一路上吃掉了3顆，剩3顆提著還是很重。沿著三義藝術村的鄉道走，我走到台13線的大路口，站在路口攔車，站了十多分鐘，期間停了大約3、4台車，我說我要往新竹，他們都說太遠了，其實我是想直接往新北市的，我以為我先說新竹比較短程，才不會嚇走能載我的人，也許是因為我在花蓮待習慣了吧，對於空間感已經脫離西部人了。後來載我的大哥說他可以先載我到苗栗公館的國道交流道旁，那裡比較會有跑北部的長途車。

　　一路上，他跟我說他的興趣是炒地皮，他炒苗栗的，以前也常跑花蓮的吉安鄉，在海岸路邊買了好幾塊地。

　　到了公館交流道後，大概10:30，這位大哥說他開車很快，常常從苗栗到花蓮4個小時就到了，嗯，我相信。

阿樂

在公館交流道邊站了二十分鐘，太陽很大。

一台黑色Toyota小車停了下來，車上是一位45歲的泰國大姐，副駕是一位年約32歲的越南姐姐，她們都是樹林人，早上在苗栗工作，正要返回樹林，開車的大姐開玩笑說：我們三個都是不同國籍的，算是聯合國了吧。如果她沒說，我還真的不會知道她們是外國人，因為膚色跟都市裡的上班的人一樣白，說話也跟台灣人幾乎一樣，沒有外國人的口音。反而是我，明明是台灣長大的人，卻很常被認為是外國人，被說有外地人的奇怪口音，我也不知道是哪種口音，自己完全無法感受。

車上的兩位姐姐說我之後如果要再搭便車環島一次的話，牌子記得做大一點，字也寫大一些，因為她們一開始開車靠近我，其實沒有打算要載人搭便車的，只是以為我舉一個牌子，是在路邊賣水果或便當之類的，所以想靠近看清楚牌子到底寫什麼。

她們本來打算在公館市區買棗子，但沒買到，所以才想說沿路看看有沒有小販在賣。越南姐姐說她們有機會載到我，真的是很深的緣分，開車的大姐叫李曉霜，她們雖然一週會來回台北到苗栗，至少四次，每次都是從銅鑼就上交流道了，這次只是因為很早就

結束工作了，剛好也想在公館市區找看看有沒有水果攤在賣棗子，因為市區沒找到，才想說開慢一點，沿路看接近交流道的地方有沒有小攤販，所以才能夠注意到我。大姐接著說還好我是女生，又很年輕的樣子，感覺很無害，所以她才敢載我，這是她第一次載搭便車的的陌生人，如果換做是一個男生在路邊攔車，她會害怕，她不敢載。一路上，大姐說她的朋友圈有各個年齡層的，像隔壁的越南姐姐就是在導遊班認識的，她之前有考國內導遊證，在考照的班上，認識了各式各樣很棒的朋友。泰國大姐是來自泰國北部金三角的地方。

越南姐姐是南越人，她說在台灣的南越人比較多，很多北越人來台灣，跟她們相處久了，口音也像南越人了。

泰國大姐有三個孩子，年紀都和我相差5歲以內，她說她覺得自己太保護孩子了，希望她的孩子們也有敢向陌生人搭便車環島的勇氣。到了樹林後，我和李大姐互相交換聯絡方式，約好如果她之後再帶家人到台南或花蓮玩的話，我可以當地陪，走在地人玩法。

到了樹林火車站後，我想，反正我沒對台北的交通做太多功課，我沒有辦法確定該如何從樹林直接

往北海岸走，我沒有頭緒，時間大約是將近中午12點，我先搭區間快車往台北車站的方向，到了車站後，我慌了，我出月匣口後，不知道要何去何從，我已經和大城市脫節了一段時間，也許一、二個月左右，但是感覺真的過了很長很長一段時間了，我覺得異常焦慮，背包很重，我沒有放下它，我持續移動，在台北車站無目的的快步走著，大概走了至少三十分鐘了吧，我猜，突然，我想起我和在彩虹波浪的朋友說好，到了台北就去找她，所以我決定先去找住處，先在台北市留一晚好了，我想著之前來台北住過的背包客棧和Q time網咖，今天很累，在路邊攔了好久的車，沒睡好，又快中暑了，雖然Q time超省的，但還是住背包客棧吧，比較輕鬆，我來到卡夫人背包客棧，剛好還有四人房的空位，訂了一晚，放好行李後，我在交誼廳充電手機，有一個中東臉的姐姐一直和我對到眼，我向她微笑點頭致意了，我想她不是直女，感覺啦，不過我的感覺從來就不準，我在沙發上待了一會，我不想待在房間，今天的房間又是偏暗，沒有窗，我在樹林往台北的火車上問過佑隆，他之前說等我環島到台北，可以載我去繞繞，可惜他今天要上班到晚上8點。躺在沙發上，我聯絡祐瑄，她在掌門的

信義微風店上班，約了她的下班時間，之後我去洗個澡。

7月20日

臨時續住Cavman hostel。

台北-基隆-八斗子-海科館-台北-和佑隆吃晚餐-和Amita去wonder bar

7月21日

礁溪湯圍溝公園搭帳。

台北-林家乾麵（早餐）-和Amita吃午餐-淡水-石門洞-基隆-頭城-礁溪-和載我的阿姨吃晚餐（小籠包）

7月22日

礁溪-南方澳-粉鳥林漁港-東澳車站-崇德海灣-台九線上新城大路口（已過家樂福）-商校街花蓮香-台11前門-後門-環島結束

拉勞蘭部落

阿樂手寫筆記2020.07.25-29

環島回來後,再度騎往太麻里,尋找撒可努作家的拉勞蘭部落,參加收穫季。

7月25日

台東到太麻里,左奶奶的家。

騎了4個小時的機車,好熱、好累,我把電腦忘在花蓮了,黑狗狗兩隻,很撒嬌,可愛,今天沒有室友,明天的室友是高雄媽媽和弟弟。

一到太麻里,左後方方向燈的鎖點就斷了,跟太麻里市區的機車行訂了一顆新的,明天一早去裝,旅費變不見QQ。

7月26日

房間很乾淨,雖然是只有床墊的和室房型,但非常舒服。終於有陽光可以透進來窗戶了!一早五點多被曬醒,感覺很好。我在環島的時候,迎接的第一

個早晨（第二天）就是被陽光曬醒。在北半球的七月天，大自然的鬧鐘總是可愛也可恨。

在都蘭也是（第二天早晨；第三天），住的房間剛好有落地窗，之後的每一個早晨，直到旅程結束，都沒再住過有窗的房間，連在溪頭露營的早上，也因為颱風的關係，是被串珠門簾般的雨聲吵醒的。不過現在回想起來，我最喜歡的還是在溪頭的那天，海拔1145公尺，比平地氣溫少七度，怕熱的我得以喘息。

今天上午，我在左奶奶家吃了吐司和咖啡作為早餐，一天的序，在吃早餐的過程中，我簡單安排了一下今天想去的幾個目的地。金崙為主，去探一探溫泉村、部落，和7月27日的住處。左奶奶的阿姨提供的訊息，五百元的民宿也被訂滿了。我先從太麻里的市區找，可惜沒找到符合預算的住處，無功而返的路上買了兩顆嬰兒頭般大小的釋迦。

在金崙的魯拉克斯部落裡找到了落腳處，是當地算是大前輩的老牌溫泉旅館「美之濱」，櫃檯是一位目測年齡六十多歲的阿姨，原本一間最基本的兩人房是$1000，後來她得知我是一個人旅行，給我另一個溫泉池區的小邊間，也是雙人床，算我一晚$800。

找到住處後，我在拉勞蘭部落閒逛，部落裡有

住人的社區範圍不大。在頭目的家斜上方有一戶的門前廣場很熱鬧，幾個哥哥、姐姐圍在一桌喝酒說話，阿嬤在蒸阿拜（原住民粽，小米），阿拜的內部主要是小米或高粱，可能也夾了一些肉、蛋黃、香菇，我吃不太出來，它們被厚實的小米和高粱包覆，但是我很喜歡，先用假酸漿葉裹住內部的料，這是第一層，而後第二層才是月桃葉，月桃葉被蒸籠加熱後，飄散出的蒸氣很香。我把車騎過去，詢問關於豐收祭詳細的一些流程和時間（這是我第一次參加原住民族的祭典）。據當地人說，其實以往拉勞蘭部落在舉辦祭典的時候，都會在社群網路上發佈消息，提醒在外地的族人們返鄉，也能讓其他部落的人，和像我這樣的漢人遊客，可以前來一起同慶。因為今年作家亞榮隆撒可努的住家和隔壁的教堂，獵人學校的好集訓所，被火燒毀，亞榮隆是部落裡有聲望的重要人士，而教堂是信仰中心，這件事對部落的打擊很大，所以今年的豐收祭，除了自己部落的族人以外，沒有主動對外告知，想要低調舉辦就好。戴墨鏡很高壯的哥哥，和上身赤膊有一些刺青的哥哥，邀請我加入圍桌，一起喝酒。他們說原住民的文化就是共享，取自己夠用的，多的就分享給其他族人。這樣的說法，我覺得很像社

會主義裡烏托邦的理想。

　　從他們跟阿嬤的對話發現，阿嬤只說排灣族語，但可以聽懂一點中文，而三十幾歲這一輩的哥哥姐姐，則幾乎不會說族語，可是能夠明白阿嬤在說什麼。

　　他們長大後就離開部落到台北找工作生活了。每年的豐收祭，無論人在哪，一定會排除阻礙回到部落，他們說部落就是根，在他們小時候，也是看著在外地工作的哥哥姐姐們，每年豐收祭回來，所以長大後的他們也這麼做。

　　好像沒辦法用日記的形式寫下去了，今天是8月12日，我正在屏東佳樂水的阿郎衝浪店打工換宿（打工換衝浪），我從昨天（8月11日）才認真回憶7月25日到31日的日子。每次都是獨處且心理狀態閒下來後，才想寫點字，運動手指的肌肉，也透過自言自語式的書寫來跟自己相處對話。缺點是像參加祭典、搭便車這種會一直接觸陌生人，又從陌生人的相處獲得大量資訊，大量思想和價值觀衝擊的紀錄內容，很常發生時間軸和細節錯亂的情形，例如我把在都蘭遇到的聽團子姐姐祐瑄寫入日記裡的時候，誤會是在恆春的彩虹波浪的記憶。

阿樂

82

時間軸和細節出現錯誤，其實不會影響內容的重點和核心感受，但當我想仔細透過腦內幻想的方式，重新走過一次相同的旅程的時候，就很容易出現許多先後logic不合理的情形，很麻煩。

打工換宿學衝浪

　　2019年8月暑假（大二），佳樂水阿郎衝浪店打工換宿一個月。

舊阿郎衝浪店

愛將和衝浪板

開心站立在衝浪板旁

在佳樂水手寫筆記
打工換宿第四天（8月14日）周三

　　佳樂水的天氣和花蓮志學有點像。會在晴天的時候，突然下大雨，持續下雨大約十分鐘，又再出大太陽。在志學的時候，我會習慣出門一定帶上雨衣或雨傘，即使只去巷口。來到阿郎工作後，開始覺得淋點雨也沒關係，因為每天都下水，就算此刻穿雨衣，到了下到河邊練習的時候還是會濕。

　　早上8點開門，營業時間到下午六點，教練（豬肉）每天出門上工的時間不一定，到今天之前都是比8點要早出門。我只需要在8點之前準時開門營業就好。我的鬧鐘每天訂在7點45分，但我通常6點就會醒來一次了。早上從清醒到開門，大約10分鐘。住的和室房會漏水，但比起露營的時候，還算可以忍受。

　　人永遠都不可能知道自己的耐度極限，每經歷一場考驗就會更新一次，挺不過的未必是極限，只是還沒有累積足夠的能量去對應它。

　　佳樂水的海灘（港口吊橋旁的茶灣），不是全屏東人數最密集的，但衝浪者的密度卻非常高，每天早上都來的11歲弟弟是衝浪者，對面麵店的阿公（年齡不詳）也是衝浪者，隔壁店的狗也常在海邊游泳滾

打工換宿學衝浪

沙。這裡的人聊天話題也總是圍繞著沙灘、海、衝浪。早上見面的時候說：「今天要不要下水？」下午的時候說：「浪不錯呢！你早上怎麼沒有來？」

教練說：有客人來租板的時候，他會下水看著。如果來租板的客人是技巧有一定程度的，對浪板有要求（懂一些術語），教練會明顯很開心。

今天是Rie在台灣的最後一天，雖然只相處了3天，但是和她聊天很開心，我很喜歡她，是一位感覺很親切的姐姐，很可惜他們今天比較早上岸，我回到店裡的時候，他們已經離開了，我沒能跟她好好道別。

今天我第一次去白浪花區練習了，雖然還是只有滑水而已，我還沒有能力自己去追浪衝，但是海浪打向我的力度，還是明顯大於河。在海裡，我要自己看時間趴上板開始滑，海浪過來的時候，我感覺自己像是被一面移動的牆撞飛，剛趴上板滑沒幾下又被推回岸邊了。嘗試了四次左右，第五次才終於可以順利滑出去。今天的白浪花區的浪也蠻高的，至少對於像我這樣的初學者來說是有些可怕的。

我成功滑出去也是四、五次左右，但每次遇到比較高的浪從我的頭頂蓋下來的時候，我會被浪推落

阿樂

水，想要再重新上板的時候，已經被推回淺灘了，這是我目前還不知道如何應對的困難。豬肉說下次帶我下水時會再教我。

今天晚上不知道為什麼我想吃的麵店、冬粉鴨都沒開，我在秋香麵店附近走著，找想吃的其他店，天空開始下雨，愈下愈大，這時經過一家叫「南方皇后」的菲式西班牙料理，我第一次看到這樣的料理，所以我在那裡點了一份鷹嘴豆燉肉飯，非常好吃。

今天晚上豬肉和新來的預備教練吵架，因為工作態度和對衝浪的價值觀的問題。豬肉是對衝浪這件事，以及帶客人做衝浪教學這件事很有熱情的人，新教練（小呱）比較像是一般隨處可見的普通工讀生。豬肉說他累了，長期帶客人的職業傷害讓他想先休息一陣子了，可是他很愛他的工作，他對店有熱情，他說他一直以來都是以一生懸命的工作態度在面對客人的，而小呱做不到這樣。他覺得小呱的工作態度接不起這間店。那天晚上，其實我以為會打架，幸好沒有。

記得在確定要過來打工換宿後，到開工前的空檔，我有和幾個朋友說過這件事，他們都對於我會和男教練一起在同一個房間住一個月感到不可思議。我

說我不擔心，因為我看過他，他是連休息時間都會一直看衝浪影片和相關知識的人，我相信以他對自己工作的熱情，他是絕對不會碰我的。

8月15日（週四）打工換宿第五天

今天來了兩組客人，共六個人。三人組大叔是第二次來阿郎，認識豬肉。另一組兩男一女的，女生蠻漂亮的，黑辣妹風格，身材很棒，其中一男的眼睛很像高橋一生。這幾天看下來，我發現日本客人都是帶 short board，都會穿斗篷式的浴巾。今天的海流還是很強，小呱說海流很強的時候，不代表浪就大，如果海流強，浪又小的話，就是既不好玩也浪費體力。（離岸流，要花很多的力氣才能回程上岸），所以今天的客人其實沒玩得太久，九點多下水，十一點多就回來了，海流強，而且打雷。豬肉陪客人聊天，也說一下衝浪相關話題，我聽不懂日文，我嘗試抓一些看日劇和動畫的時候知道的日文單字，搭配一些英文的衝浪術語，和豬肉的手勢，去理解他們的對話內容。後來海和天氣狀況還是沒變好（可以下浪的程度），所以我用英文跟他們稍微聊天，算是排解他們的無聊，和我的無聊。我本來還預計下午跟著客人們一起去下浪

學習的。晚一些，大約三點的時候，風雨緩了一些，我帶練習板去河口滑了一點時間，都是滑水而已，可是河口這幾天實在太髒了，河底的泥積很深，味道也不好聞，所以我只稍微滑了四十分鐘多一些而已，其中也在白浪花區向外滑了幾次，有看到阿飛衝浪店帶了很大一團客人（大概快二十人）在河口，他們試著下水（海）三、四次，後來放棄了，大多數客人都走不出去，所以他們就在岸上練習take off。我回到店裡時，看到大叔三人組從對面的麵店買了滿滿兩袋的

保力達。豬肉說這是台灣的養命酒，大叔他們兩年前來的時候也買，可是忘記把它放進行李箱託運了，所以在海關被扣留，這次又來買更多，希望他們這次可以順利把保力達帶回日本。黑辣妹姐姐第一次看到保力達，也是第一次到台灣，她很興奮的借來拍照。

舊阿郎衝浪店

阿樂和豬肉教練

　　打工換宿到現在第五天了，從第一次拿長板的時候，我中間要停下來休息至少四次，手和脖子很酸。現在我已經漸漸習慣六公斤的重量了，可以從店裡出發，一路走到岸邊，只休息一次。今天上岸的時候，不知道為什麼找拖鞋找了很久，至少15分鐘，後來在碎漂流木堆找到的，我緊張到以為被撿走或被水帶走了。

8月16日（週五）打工換宿第六天

　　海流很強，和客人去風吹沙衝浪，每天的海水都很髒，河口是陷到小腿的爛泥，風吹沙的沙子顆粒粗（好沖洗），在吊床睡著，和李維、Chris在阿郎搭搬露天電影院（投影幕是帳篷的天幕），豬肉收到一瓶高級日本酒，Yuki很認真寫中文課的作業。

8月17日（週六）打工換宿第七天

　　我今天沒衝浪，客人去南灣衝浪，李維他們也去，李維說新鮮的椰子水加酒很好喝，弟弟沒寫暑假作業，所以也沒衝浪。

　　一手酒（台灣酒）（客人送豬肉的酒12瓶）。

8月18日（週日）打工換宿第八天

　　今天也沒下水，把衝浪板搬去海邊又搬回來，花生醬的海，昨天有人的腳繩在海水中勾到狗屍體，每天都下雨，沒客人，睡到自然醒，加油站對面的早餐店今天開始休息三天，我和小呱一起跟Yuki學中文，跟電話簿一樣厚的課本2本，「才」，「可」，「都可」，「起來」，「一下」的用法，口語中文用法，很難（中文課本）。豬肉睡一整天（直到九點）。和

店對面蔥肉攤的阿姨聊天，我十點半就睡著了，沒遇
到男子漢的小幫手，和韓國血的美國哥聊天，在佛羅
里達衝浪14年。

8月19日（週一）打工換宿第九天

　　小呱在房間噴殺蟲劑（很多蟻），今天開始屏風
山的留守工作。

港口吊橋

2019年暑假，阿樂告訴我說她想去佳樂水打工換宿學衝浪，我知道她一直很想學衝浪，之前在台南的安平漁光島學過，因爲只有一堂課，也沒學到什麼程度，這次想利用一個月的時間好好的學。

　　雖然只是打工性質，也沒有薪水，只有飯錢，但阿樂仍然做的很開心，就像她曾告訴我的，做自己喜歡的事，再辛苦也不會累。

　　「我的服務很好，客人都很喜歡我，會送我禮物喔！」阿樂開心和我分享。

　　「什麼禮物呢？」

　　「大部分是食物，也有送我啤酒，還有人請我吃飯，很有成就感。有一對日本夫妻每年都會來兩次，日本先生年約五十歲，當他去衝浪時，我怕日本太太無聊，就陪她聊天，用日文夾雜英文。」

　　在告別式前幾天，佳樂水的豬肉教練來靈堂看阿樂，這是我第一次見到他。

　　「告別式那天不能來，所以我提早來了，拍謝，我們衝浪人都習慣穿著夾腳拖和衝浪褲，來靈堂這樣可以嗎？」豬肉教練說。

　　「不用在意穿著，謝謝你來看阿樂，阿樂會很開

心的。」我說。

　　豬肉教練很關心阿樂，對於在綠島有潛水教練的情況下，且是在教學課程中發生意外，覺得太離譜了。

　　豬肉教練帶著日籍女朋友Yuki一起來，阿樂的筆記本也有提到Yuki，她是來台灣學中文的，因為衝浪認識豬肉教練，她在靈堂前，認真地在我事先準備好的大卡片上，用中文寫下了對阿樂的思念與祝福。

　　豬肉教練會說日文，他完全是自學的，很厲害。感覺是個很有個性豪邁的性情中人，聽說因為聽到阿樂走了，還流下男兒淚。

　　我對豬肉教練說，趕快把Yuki娶回家吧！你們都是阿樂人生中重要的朋友，希望你們都能很幸福。

2020年3月26日 阿樂臉書發文（22歲）

　　我很習慣自己旅遊和做很多事。

　　可是我的家人和朋友，尤其比我年長的，比起我的旅費可能被偷這件事（我自己也只在意這件事），他們總是更擔心我會在旅途中遇到性侵犯。

　　「因為你女生，所以你在旅行的時候，至少要有

一個伴。」

「因為你是女生，所以你不可以自己……」

「你是女生，你怎麼敢自己搭陌生人的便車？」

「你是女生，你不擔心自己一個人去……嗎？」

「因為你是女生，所以你更應該先保護好自己。別等到壞事發生後，才感到後悔。」

我只想說，身為生理女性真是一件爛事，而讓人感覺最差的是這一切是整個主流社會氛圍造成的。

綠島人權園區實習
2020年暑假

　　阿樂在花蓮傳回了訊息：「我今年7月可能會去綠島實習喔～校內的申請過了，星期一要再交相關的文件給實習單位綠島的人權園區。好期待喔！」

　　端午連假，阿樂從花蓮返家。

　　「怎麼比上次更黑啊！都沒擦防曬嗎？」我開門一看到她驚呼的說。

　　「人家忘了帶嘛。」

　　「買呀，便利商店這麼多。」

　　「這不能亂擦的，會汙染海洋，我們要愛護海洋，保護海洋。」阿樂正經的回答我。

　　原來防曬乳也有友善海洋的產品，但我知道阿樂經常是不擦防曬品的。

　　去綠島實習前，帶她到高雄吃吃喝喝，順道去了義大世界，買了一件淺綠色的T恤和一件Polo衫，還買了兩雙運動鞋，叮嚀著她去綠島要記得帶去。

阿樂

2020年6月29日

　　阿樂先回到花蓮，隔天準備前往台東搭船。每次回花蓮總是搭一大早的這班火車。

　　「車站好多人喔！被人群夾到累扁，啊！我忘了拿媽媽買的波霸奶茶麵包了，剛剛想拿出來吃的，哭哭……」在火車上阿樂傳了訊息

　　「下次回來再買給妳吃啦！」叮嚀她帶上火車吃，結果匆忙中她又忘了。

2020年6月30日

　　「我抵達綠島了。」

　　「好累喔……船超級晃就算了，我很努力在止住吐意，結果坐我周圍的人全部都在吐，就是此起彼落的吐聲和吐味。」

　　「綠島的遊客超級無敵多，簡直是疫情還沒開始前的墾丁大街。」

　　阿樂開始了實習生的生活，她把它當做是上班一樣，雖然是沒有薪資的，但是過得既充實又開心，因為每天可以與山、海為伍，徜徉其中。

　　「綠島有什麼好吃的東西呢？」我問。

　　「我想吃生魚片，但這幾天風浪太大，餐廳說沒

有漁船出海，會不會我這個月都吃不到呢？」

「不會啦！」

2020年7月4日

「今天晚上在人權博物館斜對面有演唱會喔！找
陳昇、朱俐靜之類的藝人，明天上午有綠島的長泳活
動，這個週末綠島超級多人的。」

「我今天有吃到魚肉粽，很特別喔！還有一家綠
島最佛心的自助餐店。」

將軍岩、三峰岩

2020年7月9日6:40

「給妳看我拍的日出。我昨天下班後，去自助餐吃個晚飯，就直接去山上露營了，剛回到房間梳洗，等一下9點要去上班了。我們園區從這個禮拜開始來客數超級多，不知道是不是政府現在有甚麼旅遊補助之類的，尤其超級多老灰仔團。」

「媽媽，讓妳看看泡溫泉的我、吃早餐的我、吃午餐的我、可愛的我。」阿樂傳了幾好幾張生活照。

「風景好漂亮，新衣服拍照也很漂亮，我也要去買一件一樣的。」我說。

「媽媽不要學我啦！」

「好，那妳回來我要偷穿，哈哈！」

「我常常跑去野餐喔，早上7點出門買早餐帶去海邊堤防吃，在9點前再回去上班。我每天工時都和妳一樣，而且月休才6天，所以，這就是過生活的態度，同樣的午休，同樣的下班時間，看妳怎麼運用而已。」阿樂說。

「工作內容？」我問。

「文書整理的工作25%，開關展間設備15%，站在服務台給遊客問問題（各式各樣的問題）60%，目前是這樣。」阿樂回答

「我今天有吃到好吃的鹹魚炒飯，還有花生豆花。」

「我每天都過得很黑皮。是happy又黑皮，連同事是綠島人，都說我怎麼這麼黑，比綠島人還黑，真的好好笑。」阿樂開心地說著。

2020年7月14日

「我今天休假去爬綠島的阿眉山，休假上山下海好快樂喔！給妳看我去浮潛的照片，還有下午去柚子湖游泳，晚上看星空和月光海，這些都是我在綠島休假的時間會做的事。」

2020年7月26日

　　「我從上個星期開始帶導覽了，不過不是全區的，只有70年代政治犯監獄區，大概一場40分鐘上下。」阿樂和我分享著說。

　　「我的姿瑩妹好棒棒喔！」我不禁稱讚起她了。

　　「媽媽妳看主任幫我做的牌子。」阿樂傳了一張照片給我看。

　　阿樂告訴我，剛開始她自己找了一張厚紙板，寫了幾個字「導覽找我，免費」，還告訴我這是她想出來的攬客方式，開心又得意的說她把「免費」兩個字寫的大大的，這樣比較有吸引力。今天主任看到了，笑著幫她拍了一張彩色照片，印在一張A4的紙，台詞內容還是「導覽找我，免費」，她高興的拿著牌子四

101
綠島人權園區實習

處攬客。

　　「我的生意還不錯喔！因爲整個園區的導覽大約要1個半小時，很多遊客沒有那麼多時間，而我導覽的綠洲山莊大約40分鐘，所以遊客的接受度比較高。」

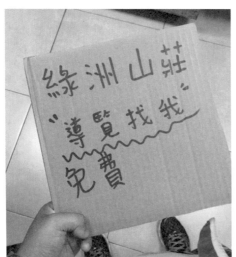

2020年7月27日

　　「我今天是最後一天上班了，明天早上老師要來聽我導覽，是歷史系的老師，這是歷史系開的實習單位，我這個學程是華文系＋歷史系＋藝創系的課程，我大約8月3日回本島。」阿樂傳回訊息。

「我平均每天可以導覽至少四場,我愈講愈順喔!而且我每次導覽完都會跟遊客說:因為我現在是實習生的身分,老師之後會來驗收成果,所以我在做準備,你們有覺得我哪裡說的不清楚或可以改善的地方嗎?」

　　「剛開始,有一兩組遊客會說希望我在每一個展間多留一點讓他們拍照的時間,後來的每一組都說我講得很好,遊客還叫我不用擔心啦,老師來就像我講給他們聽一樣的發揮就好,我好開心喔～開心地翻過去,我真是天生導覽員。」

　　「如果是我,我開場會問大家:綠島,會讓你想到什麼呢?綠島小夜曲、監獄黑道大哥、浮潛……。」我和阿樂說。

　　「媽媽,妳的開場好老派喔!很有年代感。」阿樂笑我。

　　「不然呢?要很正經的開場?」其實我也沒去過綠島。

　　「我的話當然要正經啊!要營造專業感,我很認真背白色恐怖時期的歷史耶,而且這是博物館,不可以假背。」她很正經地回應我。

　　阿樂的確對工作態度是認真的,早熟的她在高中

時期就很想上班，但還是要先上完大學，我也曾問她，以後打算想做甚麼？她告訴我：「媽媽妳不要擔心啦！以後就算我去端盤子，我也會很認真做。」

綠島牛頭山頂

是啊！有這樣的敬業工作態度，日後不管從事任何行業我都放心了，當時我是這麼想的。

2020年7月28日

傳了在人權園區和老師、同學的合照給我，開心的分享。

「第一張照片拿斗笠的是今天來考核的老師，我們今天中午還讓老師請吃了一桌菜，好開心！」

「第二張照片站在我旁邊的阿公是以前關過綠島的政治犯簡中生，他這次在營隊當講師。」

和東華大學阿金老師、同學合照　　　和政治受難前輩合照，左陳欽
　　　　　　　　　　　　　　　　生前輩，右簡中生前輩

2020年7月29日

　　阿樂在綠島最後傳的是一張飛機的照片。

　　「我剛才去綠島機場旁邊拍飛機，第一次離飛機這麼近，好想出國喔！」阿樂興奮的說。

　　阿樂三歲開始，每年的寒暑假我都會帶她和姊姊出國遊玩，上了大學後她變得好忙，已經二年沒出國了，後又因新冠肺炎疫情無法出國。

　　「等疫情結束我們再來規畫出國。」我對她許下承諾。

　　「我還去廟裡找廟公聊天，是觀音廟。昨天去

吃鹿肉吃到飽的烤肉，慶祝工作日結束，還去游泳喔！」

「媽媽，我這一個月過得好開心喔！每天都很快樂！」這是阿樂最後告訴我的話，我永遠都記得她快樂的聲音。

阿樂綠島筆記

綠島的藍色橡皮戳記

2020.07.10

在綠島實習生的第十天。

我是6月30日從台東富岡出發，在南寮靠港的。記得搭船那天，我從台東車站一路騎往富岡的路上，天氣熱得很，山很美，一如在花蓮過生活時所見的一樣美，機車出台東市區，轉彎朝向大海，沿著海線向北。海很美，風吹的我必須很費力，才能一直維持騎

在自己的車。6月30日的風特別大，船開了大約50分鐘，在南寮靠港後，我和鎧瑋先騎車到人權園區報到。

我有帶「愛將」一起過來綠島。

跟著行政的姊姊大概把園區（宿舍和行政區）走過一輪後，我在房間睡覺，一直睡到傍晚。日落的時候，園區外的景很漂亮，三峰岩、將軍岩、公館漁港。公館村的車流量相對南寮村而言，少非常多，我覺得這裡很適合晨跑，幸好我有打包慢跑鞋在行李裡。下班後的黃昏，也有許多民宿小幫手和綠島的老人家會沿著環島公路或跑或走的。不過我認為綠島的白天太熱了，即使是黃昏，體感溫度依然很高，我應該會像之前在花蓮一樣，四點出門跑，最晚六點前結束。

2020.07.13

明天我就休假了，這次是連休二天。今天園區內的行政人員（主任和組長）也介入了「228紀念涼亭」這件在臉書上筆戰的事。起因於一位領隊在「就是愛綠島」的社團上，將永興客機在二月二十八日的空難事件的紀念碑涼亭誤植為「228紀念涼亭」。因為人權

博物館主要就是傳遞還原給社會大眾關於台灣在白色恐怖的歷史，所以No哥一看到他的貼文後，便立刻留言提醒他，這樣的發言會讓對這段歷史不熟悉的民眾誤會，綠島的老人家通常只會說，就是那個飛機掉下來的涼亭，而不會說228紀念涼亭。通常說228紀念，指的是人權公園的二二八紀念碑。

在這裡待的幾天，日記一直斷斷續續的寫，通常是用很零碎的時間寫，上班人少的空檔，大概一天三、四次，每次五分鐘左右，倒也不是真的每次只有五分鐘的空檔，我想只是我每次能靜心下來寫一些像這樣和自己對話的文字的時候，只能持續五分鐘，在上班期間，園區內悶熱，心很浮動，有時又因為環境的關係，剛開始幾個字，又不由自主地開始想著待會有哪些待辦事項，以及月底老師的考核該如何準備，或者No哥、老鼠姐他們會時不時的找我搭話，不得不社交的時候。每次寫日記被中斷的時候，我都想起去年的七、八月，那時臨時起意的搭便車環島，以及之後八月在佳樂水的阿郎衝浪店打工，我在搭便車的空檔寫，在夜晚的雙人帳篷裡寫，在店裡沒什麼客人的時候寫，在恆春鎮上吃過晚飯後，在恆春郵局旁邊的廣場椅子上寫。

阿樂

環島在都蘭的客棧的時候，室友（祐瑄）問我為什麼窩在交誼廳沙發上寫一堆字，在恆春的客棧也被問一樣的問題，後來在台北也是因為這樣，印度室友Amita才來和我搭話，我去台北的gay bar玩，教會我hitchhike（搭便車）的單字，他教我唸了好多次，我覺得這個單字很不容易發音。

　　保全全德哥給我一付二手面鏡，雖然是二手的，但洗乾淨後仍然很好用，也沒有任何破損，我很開心，很感謝他。可惜我剛拿到的前三天，每天下班後都帶著這付黃框面鏡去海邊玩，我不知道如何正確使用呼吸管，一直喝到水，太過緊張就把咬嘴的其中一側咬壞了，真傷心。

　　有一天下班的時候，No哥帶我和鍇瑋去藍洞，他在自己的午休空檔跑回家拿水母衣。藍洞的入口在柚子湖右側，停好車後，大概走十分鐘左右的沙灘和珊瑚礁岸才到，藍洞的水有點冰。No哥教我跳水和躬身下潛的技巧，以及使用面鏡的正確方式。

　　阿眉山遇到民宿小幫手和部落客，中寮港漂在水面上看日落，竹屋的麻婆豆腐是綠島最好吃的，按摩店……

7月13日

　　練習和試講第三大隊和綠洲山莊入口的給No哥、老鼠。

　　志瑋哥帶我和他的民宿客人一起去柴口浮潛，火燒山（281m）的步道走到266m淵腳點的軍事管制區裡，鍇瑋在步道終點前500m放棄了，我覺得阿眉山頂的展望真的比較好，火燒山就很無聊，因為走不到山頂（在軍事管制區內），所以也沒有看到像阿眉山那樣的360度展望，沿途的步道70%無樹蔭，很曬，所以鍇瑋也曬傷了，曬了一個背心痕跡。

　　阿樂寫到這裡的筆記沒再繼續了，但她在綠島的期間，聊天、傳回訊息的頻率，更甚於在花蓮時。聊天時總能感受到她的快樂，在夜深時，常聊著聊著仍捨不得掛斷電話。

阿樂不會回來了

2020年7月31日

　　今天上班午休時間，我總覺得心神不寧，在休息室躺椅上，輾轉難眠，於是提早回到辦公室上班。

　　下午2點30分，手機聲響……

　　「請問妳是吳姿瑩的媽媽嗎？我這裡是綠島，我是教練，姿瑩她溺水了，現在找到了，沒有呼吸，還在急救……」

　　有如晴天霹靂般，我不知是怎麼從辦公室回到家的，簡單收拾行李和阿樂姊姊搭火車去到台東，一切來的太突然了，一路上，我們靜默不語，一直擦拭不斷湧出的淚水。

　　台東殯儀館的冰櫃裡，我看到了我的姿瑩妹，覆蓋在布幔下露出的腳掌，那是她最愛穿的涼鞋曬出的曬痕，殯儀館人員拉開布幔，姿瑩安詳的躺著，安靜不再撒嬌討抱抱，不再開口叫媽媽，我的姿瑩妹，就這樣躺在冰冷的冰櫃裡。

海巡署筆錄，檢察官筆錄，綠島招魂……，經過一連串程序後，感謝台東郵局的同仁鄭科長及前副理的協助，我帶阿樂回來了。

阿樂回到出生成長的地方，但那香甜的氣味她再也無法呼吸到，炙熱陽光下已無法看到她的身影，她已經無法遨遊在熱愛的家鄉。

回到台南，短短五天後即將舉行告別式，這是她人生的畢業典禮，夜裡反覆思考該如何做最後的告別。

我在阿樂的臉書上發文，告訴她的同學、朋友們，阿樂走了。其實在阿樂走了的當天，消息就傳開了，而透過臉書知道訊息的同學、朋友們，既震驚又難過，畢竟前一天還在限動看到阿樂的發文，阿樂也一直常在限動分享她的生活點滴，突然傳出意外，大家嚇到了。

臉書追念的文一篇又一篇，看到同學們滿滿的思念、難過、不捨。告別式之前，許多同學、朋友、師長前來靈堂悼念，來參加告別式的同學們，超乎我預期的多。

這是阿樂的人生畢業典禮，會場裡布置滿滿的白色百合花，中間掛著巨幅的彩色照片裡，她和愛將

阿樂

遙望遠方，去了另一個世界了。剪輯她從小到大的生活照片、影片在會場播放，浮現一幕幕思念熟悉的身影，那是我可愛的阿樂、帥氣的阿樂、豪邁的阿樂。學校提前寄來了一套學士服讓她穿上，校長親臨會場頒發畢業證書，參加告別式的同學們圍繞獻上一朵朵白色的玫瑰花在她身旁，最後的送別，同學們放開一個個寫上祝福的黑、白色氣球，遙看著氣球飛向天際，祝福阿樂能快樂自由翱翔。

2020年8月8日告別式

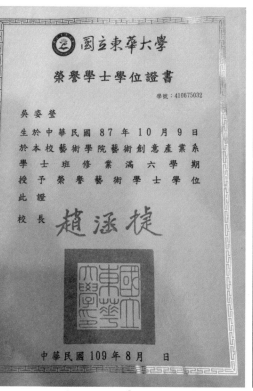

參加2020年學姐畢業典禮，穿上學姐的學士服

溪頭的忘年之交

阿樂2019年暑假環島時,在溪頭露營區認識了柯爸柯媽,在筆記裡記錄著。

農曆年,阿樂傳了訊息祝福他們新年快樂,並感謝當時在溪頭受到的照顧。

柯爸也回了訊息,歡迎阿樂隨時來台北玩,並期盼暑假溪頭再相見。

2020年暑假一開始,柯爸在溪頭搭好了帳,傳給阿樂一張客廳帳的照片,並道早安。

阿樂收到後,也傳了一段綠洲山莊門口的影片給柯爸。

「早安!柯爸,我這個月都在綠島的人權博物館實習,下個月想再去溪頭露營,您們今年也會在溪頭?」

「我們會住兩個月。」柯爸告訴阿樂。

記得阿樂當時環島回來,曾和我聊到在溪頭露營的情景,我也很久沒去溪頭了,在她去綠島實習前,我們約定好回來後要去溪頭露營。在阿樂告別式後的夜晚,看到了她手機裡和柯爸的對話訊息,於是我傳

了訊息給柯爸。

「您好，我是阿樂的媽媽，請問您們在溪頭要住到什麼時候？」

「阿樂還沒上溪頭，我們預計9月1日撤帳，今年有事提早幾天回去，歡迎來會合。」柯爸看到我傳的訊息以為我在找阿樂。

「這個暑假原本會和阿樂去溪頭，她去年暑假的環島，謝謝您親切的照顧，但是她已經沒辦法去了，很抱歉，這麼晚發這個訊息給您。」我告訴柯爸。

「阿樂怎麼了？請告訴我阿樂發生什麼事？」柯爸焦急的問。

我傳了阿樂告別式的照片和影片給柯爸。

「雖然和阿樂萍水相逢，喜歡她開朗獨立，我們和她約好今年溪頭再見面，阿樂失約了，心裡好難過。」

「近日我會排時間去溪頭，可以去找您們嗎？阿樂沒辦法去，我會代替她去，慢慢追憶她曾走過的足跡。」

「不敢問發生什麼事了，請妳們節哀，阿樂去做天使了，隨時歡迎妳們來，請妳為阿樂多保重。」

二天之後，我和阿樂姐姐來到溪頭。

柯爸到客運站接我們，開車載我們到露營區。

柯爸和我們聊著他的心情，他和柯媽這二天都睡不好，閉上眼睛就會浮現和阿樂在溪頭相處的時光，相處雖然短暫，聊的也不多，阿樂就靜靜地坐在我現在的位置，和大家一起吃飯泡茶，去年她來溪頭搭了一人帳，山上下雨，阿樂過來躲雨，如今都成追憶了。

我告訴柯爸，聽到阿樂在溪頭的露營，我很想來，已經和阿樂說好，綠島實習回來她要帶我來的，我有好多想和她一起做的事，但如今都沒辦法了。

「唉！心裡真的好難過，和老婆失眠兩天，今天和露友們提到阿樂，大家對她的印象都很深刻。」柯爸難過的說。

溪頭的露營區乾淨、寧靜，有些是常客，每年都會來，就像柯爸他們一樣。阿樂那天下午來到露營區，管理中心人員看她只有一個人，安排她的營地在柯爸旁邊。記得阿樂環島回來告訴我，那時候她搭好帳篷後，想說要敦親睦鄰，於是帶了張教授送的火龍果3顆來拜訪柯爸，柯媽聽了點頭說：「對喔，我記得我們都有吃到火龍果，很好吃。」阿樂環島回來和我

分享這段，我那時還和阿樂開玩笑說，妳還真會借花獻佛。

上山前請柯爸幫忙預訂住宿房間，但柯爸認為難得上來，就體驗一下溪頭的露營，於是讓出了帳篷，自己睡在車上，真的非常感謝他們夫妻的體貼與熱忱。

夜幕低垂，柯爸的朋友們陸續來到客廳帳，有人帶了煎蘿蔔糕，炒了好幾道菜，也有人帶了一大鍋的筍子湯和一盤烤排骨，柯爸也煎了魚，一大桌好吃的菜，大家開心的邊吃邊聊，這讓我想起了阿樂環島筆記裡描述的情景。

柯爸帳篷的右下方，有一對來自桃園的夫妻，第一次來搭帳，預計停留二天，柯爸邀請他過來喝一些酒，他也帶來了烤鹹豬肉和巧克力小鬆餅和我們分享，露營區大家的互動很自在很輕鬆。

帳棚下方，另一個營地有一對母子，也是連續幾年暑假都會來。小男孩才小學四年級，名叫維哲，他是我見過同齡中最貼心的男孩，有禮貌、懂得分享，他做的飯糰非常好吃，附近的露友都吃過，他總是做給大家先吃，體貼的問還要不要，自己都是最後才吃的，烤麻糬也是。

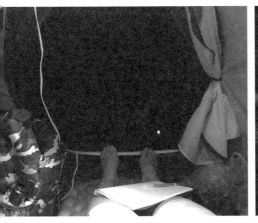

左：2019年暑假搭帳於溪頭，小帳蓬內記錄環島點滴
右：左上方柯爸的帳蓬，阿樂帳蓬於右下方

　　在溪頭的露營區，感受溫馨的氣氛，認識了新朋友，大家相約明年此刻再來溪頭相見歡。

　　這是阿樂為我鋪陳的友誼之路，且一直延續下去。

佳樂水之旅

在阿樂告別式的前一天下午，依照習俗在樓上另一場地舉辦水懺法事。

法事進行中，有人跑上來告訴我，有一位女孩在阿樂的靈堂前哭得很傷心，我連忙跑了下去，一看這女孩，年齡應比阿樂稍大些，不像是同學，於是趨前問她：「我是阿樂媽媽，請問妳是？」

「我叫夏琳，是阿樂的朋友，在佳樂水認識的，雖然只見過幾次面，但很喜歡她的開朗，我也住在台南，聽到消息真的好難過，一定要過來。」她哽咽的說。

「阿樂媽媽，妳不要難過，我十月要去佳樂水，我開我的露營車帶妳去玩，去吃恆春美食，想阿樂的時候，我們去看海，她最喜歡的海。」她邊擦眼淚邊說。

「謝謝妳來看阿樂，她一定很高興。」

阿樂

2020.10.02-04

夏琳實現承諾帶我去看海了。露營車快速奔馳在公路上，一望無際的藍天白雲在眼前展開，感覺整個人清爽起來。一路上和夏琳聊著，她說我之前傳給她看的阿樂影片，有一張照片的場景她一看是在她學長的車廠，哇！也太巧了吧！那是阿樂在修車廠，抱著她心愛的愛將的油箱合影，當時軍綠色的漆剛烤好，夏琳一眼就認出這地方。滑著手機，她搜尋學長的臉書，看到學長曾在臉書發文：「我從她身上看到『真心喜歡自己的車』的騎士精神，說不定連男孩子都輸很多呢！」

阿樂對於愛將的喜愛，只有真正接觸過她的人能明瞭，她在車廠或車友的車聚中，或許還有許多故事吧！

夏琳愛衝浪，曾在恆春工作住過一段時間，也常回佳樂水，她幫我訂了「一舟民宿」，民宿老闆大家都叫他馬叔，愛

阿樂車廠抱油箱

衝浪，也是衝浪教練，小時候在巴西住過很長一段時間，近幾年才回台灣，小小民宿佈置洋溢巴西風情。

民宿一樓有一間6人背包客房，二樓是我訂的雙人床房，對門另一間是4人的背包客房，衛浴是共用的。下午入住時，馬叔不在，去教衝浪了，我放妥行李，沿著二樓階梯往上，來到了頂樓露臺，站在露臺上，背面是山，眼前看到的是一望無際的海，微風徐吹，寧靜舒暢。休息片刻，走出民宿到外面逛逛，看到漁村社區許多人在外面聊天、烤肉，因為是中秋連假，很多外地遊子返鄉，濃濃的團圓氛圍。

沿著斜坡路面往下走，在這小小的漁村社區有很多民宿，路上或民宿外面，都會看到一些歐美面孔的衝浪客，這裡是知名的國際衝浪點，吸引很多國內外浪人前來。

一路散步走到漁村公園的衝浪點，一走到沙灘，映入眼簾的是海上的浪人，或遠或近也有許多大人帶著小孩戲水、玩沙，不時傳來歡樂嘻笑聲，看著眼前的這片海域，一波又一波的白浪花，阿樂也曾經快樂徜徉其中。

民宿的一樓背包客房住了一位外國人，是來衝浪的，已經住了幾天。還有二位住台中的年輕人也經常

來，至少一個月來一次，和他們聊著，他說以前生活頹廢糜爛，自從學了衝浪，愛上了衝浪，現在只要一有假期，就會來這裡住幾天，感覺身心靈的放鬆。另外一位小學五年級的男孩，從台北下來已住了幾天，媽媽帶著他來學衝浪，一大早馬叔就帶他到海邊了。

　　恆春鎮位處恆春半島的南端，是台灣最南端的行政區，東臨太平洋，西臨台灣海峽，南臨巴士海峽。十月的恆春，已開始吹起季風，冬季的「落山風」非常強勁有名。

　　對於恆春，大家最先想到的是墾丁，而佳樂水位在恆春半島的東岸，相較墾丁總是滿山滿谷的人潮，佳樂水的沙灘則顯得舒適不擁擠。

　　漫步恆春鎮的街道上，沒有聳立的高樓大廈，感受到小鎮古樸的氣息，沒有大城市的壓迫感。在阿樂高二時，我曾和她造訪這個小鎮，在恆春古城門、海角七號阿嘉的家都留下足跡，也品嚐了有名的包子和許多特色小吃，在小型的賽車場玩卡丁車，黃昏時分，只有她一個人的賽車場，盡情馳騁一圈又一圈。

佳樂水之旅

2020年佳樂水國際衝浪大賽

僅隔10天,我又再回到佳樂水。

南國的冬季,陽光依舊耀眼,但卻讓我領教了強勁的落山風威力。

坐客運來到了恆春轉運站已近中午,找到了阿樂筆記本中提到的秋香麵店,就在轉運站附近,是一家常見的傳統麵店,生意很好,口味不錯。

明天才開始的衝浪比賽,我提早來了,預計在這裡四天,想說就租輛機車較方便吧!

騎著機車一路往佳樂水，但騎到半路就有點後悔了，這落山風的威力還真的不容小覷，車子被強風吹的搖晃，我要很努力去穩住手把方向不偏移，邊騎邊猶豫著該回去還車還是繼續前進呢？算了，硬著頭皮衝吧！終於衝到佳樂水的港口吊橋邊。

　　阿樂之前打工的阿郎衝浪店已拆除重建，正在改建的樓房已快要竣工，很可惜沒辦法看到衝浪店原始古樸的模樣，還有阿樂曾住過的會漏水小房間。

　　衝浪店在另一旁臨時搭建了鐵皮屋，機車停妥後，看不到任何人，原來為了衝浪比賽，大家都去布置場地了。

　　聯絡了衝浪教練豬肉，他幫我預訂了民宿。不一會兒，兩部很酷的沙灘車出現在眼前，他們都是明天衝浪比賽的工作人員，除了衝浪教練，看到一個熟悉的人影，榮哥從車上跳下來，一看到我高興的衝過來說：「阿樂媽媽妳來了，我可以抱抱妳嗎？」我說：「可以，當然可以。」一切盡在不言中。

　　榮哥，年約40歲，也是阿樂走了之後我認識的新朋友。在告別式前幾天，他從高雄來到台南殯儀館，踩著沉重腳步，他說真的不知道要怎麼踏進來，聽到

消息心裡很難過。和他聊著阿樂，他可能以爲會看到一位哭哭啼啼悲痛的媽媽，但我沒有。他的眼睛不時看著靈堂前阿樂的照片，似乎在回想著和阿樂在佳樂水相處的時光。

他說在來的路上，本來想買幾瓶啤酒來和阿樂喝的，但不好意思所以沒買。我笑著說，買來沒關係啊，阿樂也會很高興的。

和他聊著阿樂在佳樂水的情景，他說阿樂經常人一溜煙就不見了，問她去哪？她說去看海啊！有時看她搖搖擺擺地走回來，手上拎著很多各式各樣的啤酒，有些連他都沒看過的，我說我的阿樂就是個好奇寶寶，沒喝過沒看過的酒她總想喝看看是什麼味道。

「阿樂是個沒心機的孩子，我們大家都很喜歡她。」榮哥說。

豬肉教練帶我到預定的民宿，民宿前有攤檳榔攤，豬肉似乎十分熟識。住在港口村的民宿，晚上非常安靜，這裡沒有任何夜店的娛樂，也沒有便利超商，可以遠離城市的喧囂，難怪榮哥說他一有空就會從高雄來佳樂水這裡放空，自在悠閒放鬆。

這裡的用餐地方不多，而且晚上都很早就打烊，有些住宿的人會往恆春市區覓食，阿樂經常也是往市

區跑。

　　看到港口吊橋入口處的對面有家「茶山餐館」，心想就近用晚餐吧！走進店內，只有兩位外國客人用餐，感覺有些冷清，點了餐入座後，不久，又進來三位男士，衣著輕便身穿迷彩長褲，看來有些年紀了，我心想，這時候來到這兒應該都是衝浪客，但他們看起來不像。他們是第一次來這裡用餐，但很快的和餐館老闆熱絡聊了起來，後來我也加入聊天行列。

　　原來他們都是賞鳥、愛鳥人士，為了追尋灰面鵟鷹蹤跡而來，整個下午都在樹叢中守候拍攝照片，他們和我分享了白天拍攝的灰面鵟鷹翱翔的英姿。灰面鵟鷹又稱國慶鳥，過境台灣準備飛往巴士海峽，在滿州休息，牠們由太平洋沿台灣東部海南來，這時候的恆春就會吸引賞鳥人士聚集。台灣位於世界有名的候鳥遷徙線，有許多台灣特有種鳥類，對國際賞鳥人士而言，台灣簡直是賞鳥的天堂。

　　佳樂水是台灣最好的浪點之一，吸引很多外國衝浪客來此衝浪，國際衝浪比賽已舉辦好幾年了，今年的活動「Ocean Family」以海洋家庭親子觀念為主軸，除了可以在比賽現場觀看競逐浪頭的高手，展現高超的技巧，會場也有美食攤位、海洋市集、海洋親

子照片票選。

　　阿樂在2019年也是工作人員之一，在她去綠島前，豬肉教練已把她列入2020年比賽的工作人員，但她沒辦法來了，我和豬肉教練說，我想來看看，但我是外行人可能幫不上忙，豬肉教練說，阿樂媽媽妳人來就好，來玩不用幫忙啦，來感受一下氣氛。

　　我這外行人的確是來看熱鬧的，衝浪遠比我想像的專業、複雜，有許多的專業術語與規則。衝浪已列入奧運的比賽項目，台灣占有地利之便，真該有計劃的好好培養選手。我站在比賽現場，透過現場播報主持人的妙語如珠，穿插介紹一些專業知識，也增廣不少見聞。看著每位競技者乘風破浪，每一道浪是絕不重來，正如人生旅程般，而每一個浪點、浪頭，每一個浪人在當下的決定，瞬間的判斷，影響展現的成果，這是需要經驗的累積與不斷的試煉。

　　在阿樂筆記裡曾提到一家「南方皇后」餐館，當時她點了鷹嘴豆燉肉飯，她形容非常好吃。隔天，我尋跡也找到了這家位於恆春老街的餐館，本以為是家高級餐館，沒想到如此的簡樸，老闆人很親切，點了那道鷹嘴豆燉肉飯，不止價格很親民，口味真的不錯，這是阿樂喜歡吃的鷹嘴豆。

漫步到恆春古城門，看到2020恆春古城國際暨孤棚觀光活動的孤棚。2019年暑假，當時在佳樂水的阿樂，也曾傳照片和我分享，夜晚她騎著愛將到現場看搶孤，就在恆春東門城外。我這個時節來到恆春，已錯過了搶孤、爬孤棚儀式，看著眼前直聳豎立的36根孤柱，下次一定要來現場感受。

花蓮追憶之旅
2020.11.23-27

　　阿樂在花蓮三年，花蓮的好山好水，她愈來愈開朗、活潑、快樂，真正活出屬於自己的自在。

　　猶記當時她剛到東華大學，壽豐的天氣常下雨、濕度高，她嚷嚷的說：「等我畢業之後，再也不會回去那裡。」誰知隔了一段時間之後，愛上了花蓮，花蓮的山，花蓮的海，甚至有時躺在學校的樹下草坪上午睡，望著天空、樹梢，她都覺得舒服。

　　距離上次到阿樂的租屋處整理物品後，又過了三個月，一直很想再回到花蓮，追尋阿樂曾走過的足跡。

　　品舜同學是我在阿樂走後認識的，之後也一直有聯絡、聊天，住在新北市。

　　「我想去花蓮，你有空嗎？想去嗎？」我問品舜。

　　「有空，好，我們去！我可以來規劃冒險王去過的地方。」品舜回答我。

　　一到花蓮，中午第一站先來到吉爾泰餐廳，這

阿樂

是上次我在志學找，一直想去但不知到餐廳名字的地方，原來不在志學是在美崙。

很久以前，阿樂曾告訴過我，有一位泰國媽媽（我記憶錯誤以為是越南媽媽），因為某些因素不能留在台灣了，她很擔心這位媽媽，阿樂常去泰國媽媽那裡用餐，後來經由品舜告訴我才知，原來這間餐館叫「吉爾泰」。

吉爾泰離東華大學有些距離，騎車要二、三十分鐘，但阿樂卻常來，簡直是當自家廚房了，連下雨天也會來吃飯。

品舜事先聯絡吉爾媽媽說我要來，他曾和阿樂一起來吃過飯，認識吉爾媽媽，當我們走進餐館，吉爾媽媽看到我，難過的說：「姐姐（阿樂）每次要去哪裡，都會跑來和我說，這次放暑假前，告訴我要去綠島一個月，八月回來會再來吃飯。」我聽了，眼淚止不住流了下來，吉爾媽媽說，妳不要哭啦，不然我也想哭了，其實她也正偷偷地在擦淚。

吉爾媽媽有一女兒，小阿樂一歲，在台北讀大學，放假都會回家幫忙，我和品舜邊吃邊和吉爾媽媽聊，吉爾媽媽從泰國嫁來台灣，吃了很多苦，為了女兒一直忍著，但最後還是離婚了，因為她沒有放棄泰

國籍，所以無法繼續留下來，這也是當初阿樂曾告訴我擔心的事，現在有很多人幫她，也找到了解決的方法。

吉爾媽媽自從結婚後，每天都很忙很累，7、8年前得了乳癌，她看我露出驚訝的表情，笑著說：「沒什麼啦！這是流行病，我是跟流行啦！」看著她開朗的談笑風生，真的太佩服她的樂觀了。

「妳一個人住在這？」

「是啊！」

我環視四周，餐館內部空間不大，只能擺下五張桌子，店內也堆了許多雜物、食材、自製泰國手工品，顯得擁擠。

「那妳睡哪裡？」我接著問。

她笑著指著一面泰國國旗圖案的布幕說：「就睡這兒呀！在裡面。」

我實在太好奇了，於是又問：「這裡？我可以看看嗎？」

「可以啊！」說著她就掀開簾幕，我一看，是一個很狹小的空間，就只有一個可以容納一人睡覺的平台，這是床？心裡湧上些許難過。

在角落桌上擺著新鮮剛採的香料葉子，有打拋

葉、檸檬草，都是吉爾媽媽自己種的。她要我揉一揉聞聞味道，真的是東南亞食物常有的香草味。

我們事先預訂了春捲，沾了黃綠色的沾醬吃，第一次吃到的味道，很清爽好吃。泰國菜的酸、辣，都是阿樂喜歡的，加上吉爾媽媽爽朗的笑容，難怪阿樂喜歡來。來過這裡用餐的人，很多人以後還會再來，甚至會帶其他人來，有些學生離開花蓮後，當他再回到花蓮時，還是會回來吃飯，吉爾媽媽說她常怕學生吃不飽，會給很多的份量，而學生卻怕吉爾媽媽因此賺不到錢，彼此體貼對方的心，讓人感動。

這家非常不起眼，甚至有些凌亂的小餐館，經過網路口碑相傳，也有了知名度，生意好了，她說房東要趕她走，吉爾媽媽打算找一個大一點的地方固定下來，但還沒有找到，吉爾媽媽說有一個從高雄來吃飯的年輕人對她說：「吉爾媽媽妳不用怕，到時候要搬家，我來幫妳搬。」

我看著店內的小黑板寫著：「店內人手不足時，請幫吉爾媽媽端菜，謝謝。」在這裡用餐，不只是用餐客人和餐館老闆的關係，就是家的感覺，親切自在。

吉爾媽媽告訴我，等她成功了（辦好台灣居留

證、找到新餐館），她一定會來台南看阿樂，會煮她愛吃的菜帶來台南看她，要來告訴阿樂，她成功了！她用堅定的眼神和語氣告訴我：「我一定會來！」

離開前，我又好奇的問：「那妳在哪裡洗澡呢？」因爲眞的看不到浴室啊！

她引領我到店門口，在入口處的右邊，手指著說：「就是這裡。」

「這裡？這不是小廚房嗎？怎麼洗澡？」我滿臉疑問。

吉爾媽媽笑著指著水龍頭說：「這兒有水啊！」

「妳就在這裡洗澡？」我問。

「是啊！」她點著頭回答。

我望著這僅能容納兩人站立仍嫌擁擠的空間，又問：「那熱水器呢？」

她指著瓦斯爐說：「就這個啊！」原來，也沒有熱水器。

看著眼前的吉爾媽媽，頭髮梳了髮髻，裝飾了塑膠蘭花，化了妝的整潔乾淨面容，樂觀的笑容，開朗的笑聲，我的心很酸，也很佩服，在如此艱困的環境，仍然樂觀面對。

下次若有再到花蓮，我一定還會再來。離開吉爾

泰，腦海浮現的是吉爾媽媽的笑容和阿樂的笑容。

　　在鹽寮海邊，看海、聽海。想一個人，一個愛海的孩子。

　　天空好藍，浮現像棉花糖般的朵朵白雲，迎著海風，看著陣陣海浪，一波又一波，偶爾飄過片片烏雲，遮掩了天空，顯得有些陰暗，氣象預報這幾天是陰雨，甚至會有大雨。

　　阿樂愛海，經常自己一個人去看海，有時也會邀同學一起去。

　　和品舜搭計程車往鹽寮方向，車子平穩行駛在台11線，途中經過海洋公園時，品舜指著道路前方某處說，有一次阿樂載他經過這裡，看到馬路中間躺著一隻松鼠，被行駛的車輛輾過，已經奄奄一息，阿樂不忍松鼠再被來往車輛輾壓，於是將機車停在路邊，和品舜一起將松鼠移至分隔島，再撿些一旁的落葉覆蓋牠。

　　下車來到鹽寮漁港，寧靜無人的海邊，只有我和品舜，這時看到一隻寄居蟹在我面前快速爬行經過，我似乎打擾了牠的寧靜空間。

　　回頭看著沙灘上，留下我走過的腳印，一行長長

的足跡；阿樂她曾經來過，曾經也踩在這片沙灘上，在這人煙極少的海邊，獨享她所擁有的寧靜。

大海，有時波濤洶湧，有時傾訴呢喃。日出的海、日落的海、晴空萬里的海、黑夜深沉的海，我的阿樂啊！妳經常眺望、親近的海，妳眼裡的海，究竟是什麼模樣？我望向大海沉思。

離開鹽寮海邊，不想這麼早回程，於是我們沿著台11線繼續往前走，品舜想帶我去另一個地方，阿樂曾帶他去過。走著走著感覺有些累了，品舜提議說：「我們來學冒險王搭便車好不好？」說完我們兩人相視了幾秒，誰也提不起勇氣，於是又走了一小段路，路途好像比預期的遠了些，還是決定搭便車好了。

我們停在路邊，品舜首先舉起了他的大拇哥，而我站在他身後，一輛輛疾駛呼嘯而過的車子，有幾輛經過身旁時，感覺似乎有些遲疑，但終究沒停下來。車流量不算少的台11線，接連10幾部車迎面駛過，過了大約五分鐘，都沒有車停下來。

「換我來吧！」我對品舜說。

於是我的右手也伸向馬路，豎起了大拇哥，不一會兒，看見一輛白色的TOYOTA汽車打著方向燈緩

緩開過來，哇！它真的停下來耶！我興奮的在心裡大喊：「阿樂，媽媽做到了。」

　　載我們的是一位看起來年約60幾歲很紳士的男士，手上戴著一串佛珠，滿臉的笑容，似乎對於能搭載我們感到很高興，好奇地問我們要去哪裡。果然坐車比走路快多了，短暫幾句交談，很快就到達我們的目的地。

　　在隧道旁，我們步行前往祕境了，沿路雜草叢生，像是在叢林探險的感覺，走了一段路之後，前景豁然開朗，是海耶！我看到了，還有那斷橋，哇！我驚呼著！在那裡看到的情景和阿樂手機裡的照片一模一樣。一個鮮少有人會去的地方，新的隧道完工通車後，廢棄的道路有種遺世孤立的感覺，是歷史沉默的軌跡。當時她坐著拍照的斷橋依在，感慨人兒已無蹤。

在看不到盡頭的東華大學

　　校園實在太大了，品舜同學說：「在東華，沒有腳踏車是全殘，沒有摩托車是半殘。」

　　我們這次住在校園內的東華會館，猶記第一次入住是帶阿樂來學校面試報到，第二次是告別式之後，到宿舍整理她的物品，這是第三次住這裡。

　　從會館房間的窗邊就能看到校園內許多花草樹木，綠意盎然，還可遠眺朦朧的山。

　　第二天早上，陰天無雨不悶熱，本想叫輛計程

車載出門，但又想著，這樣的天氣，其實蠻適合走路的，於是想要挑戰腳力，和品舜從東華會館一路走到校門（前門），校園很大距離有點遠，走了好一會兒才出了校門，沿著大學路往台9線前進。

今天早上的目的地是貝爾機車行，來看阿樂的愛貓小花。天空烏雲瀰漫，灰色陰暗，感覺好像要下雨了但卻沒有，於是我們加快腳步，直到我們快步走到機車行，天空才緩緩飄下細雨，感覺像是阿樂在幫我們擋雨似的，品舜開玩笑地對著天空說：「我們到了，冒險王妳可以去休息了。」

小花是一隻流浪幼貓，在阿樂去綠島的前幾個月，跑進了貝爾機車行，李老闆收編了牠。老闆是學校機車研究社的社團指導老師，阿樂大一參加的社團，那時候她擔任社團幹部，也常來機車行，阿樂的愛將一直都是老闆幫忙維修。阿樂初見小花，非常喜歡，經常到車行找小花玩，買了許多貓食給小花吃，拍了很多照片傳回家，一直想要說服我和姐姐領養小花，但我們一直沒答應。當聽到綠島傳來噩耗時，姐姐哭著說：「我們是不是要把小花帶回家。」但上次來花蓮整理物品時，第一次來到貝爾機車行，我們覺得小花在這裡是幸福的，老闆的兒女都很愛小花，在

這裡有較大的活動空間，很多東華的學生也很疼愛小花，經常會有學生來看牠餵牠。

再度要來花蓮的前幾天，傳了訊息給李老闆，告訴他我要來花蓮，也會去看小花，但他告訴我一個不幸的消息，因為怕我心情再度受影響，本想過一陣子再告訴我，小花，我已經沒辦法再見到牠了，因為在半個月前小花生病走了。

沒想到上次見到小花，是第一次也是最後一次。

老闆說，小花因為先天母體不良生病了，帶牠看了醫生，打了點滴吃了藥，也一直未見起色，身體一天天衰弱，最後，有一天小花虛弱的躺在老闆的腿上，老闆看著小花說：「阿樂啊，如果妳想小花的身體好起來，那妳要保佑牠，但若妳想要小花去陪伴妳，那也沒關係，就讓牠去陪妳吧！」

幾天之後，小花走了，就在阿樂的百日那天，到天上陪伴阿樂了。

李老闆把小花葬在後院一棵金桔樹旁，並覆蓋上了野薑花。我隨著老闆來到後院，摘下一株野薑花，放在小花的埋葬處，心裡默禱著：「小花，阿樂一定會像以前一樣疼愛妳，妳也要快樂的陪著阿樂喔！」

來到機車行，一定要來看「愛將」，感謝李老闆

幫我保管愛將，曾陪著阿樂上山下海，四處趴趴走，深入探索每個鄉鎮的愛將，如今靜靜地停在機車行的倉庫裡。

我跨上機車，輕撫著愛將。

「有一天，我會幫你找到珍惜你的新主人，讓你繼續馳騁在美麗的寶島。」我心裡想著。

愛將在玉山國家公園

這是阿樂的口袋名單之一「河南手工扯麵」，品舜帶我過來品嚐。

　　位於花蓮市區的小麵店，我們下午5點多抵達，店內已坐九成滿了。店裡的招牌是蕃茄蛋麵，喝著充滿濃郁蕃茄味的湯頭，難怪阿樂會喜歡，以前每次和阿樂一起吃火鍋時，她總喜歡在湯裡加入大量的蕃茄。

　　扯麵，真的是用扯的喔！我好奇地看著老闆娘將有如韭菜盒子般大小的麵糰，在手上扯了幾下，立即呈現出數條長麵條，麵條寬厚有嚼勁，是我喜歡的。我詢問老闆娘，可以拍照嗎？她靦腆的點點頭，吃完臨走前，老闆娘問我好不好吃，我大聲的回答：「非常好吃！」老闆娘笑了，很開心的笑，阿樂應該也在笑著看我吧！心裡很感謝老闆娘，讓阿樂在花蓮也能吃到她喜愛的口味。

　　本來預計去和仁海邊看日出，那也是阿樂常去的海邊，但氣象預報一直報導有雨，晚上和品舜討論後，更改去另一個地方，花蓮溪出海口。

　　很意外，一大早拉開窗簾，迎來刺眼的陽光，但已錯過看日出的時間，所以還是依照前一晚的計劃，目的地花蓮溪出海口。

阿樂來過很多次，品舜說應該來至少十次以上吧！有時載他來，有時阿樂自己來。

　　在她的手機相簿裡，曾看過這片海，後來才知道，她曾在夜裡和這裡的捕苗人一起撈鰻魚苗，起先是好奇觀看，後來就被邀加入行列。

　　我站在海岸山脈的最南端與花蓮溪出海口處的沙灘上，左邊是看似平靜的溪流，右邊是一陣又一陣的海浪，在此會合形成很特別的景象。夜晚漆黑的海，似乎有種魔力吸引著阿樂，她曾告訴我，一個人躺在海邊，聽著海浪聲，是放鬆、寧靜、舒服的，我真的不懂她，但只要阿樂快樂，就是我的快樂，每個當媽媽的總是這樣想的吧！

　　再前往另一個地點，米亞丸溪，這也是品舜告訴我才知道的地方。這算是個祕境吧！當地人才知道的景點，但隨著部落客的貼文，知道的人愈來愈多，假日會有很多遊客來戲水，今天非假日，只有我和品舜以及載我們的計程車司機。

　　車子開在蜿蜒小徑，連司機都不曾來過，經過品舜的指引來到了米亞丸溪。溪水清澈，溪谷幽靜，只聽見潺潺流水聲，我和品舜捲起褲管走進溪水中，水

非常涼爽，品舜說他和阿樂之前都是夏天來，這是第一次冬天來這裡。

　　晚上品舜安排去「七飽飽」馬來西亞餐館，阿樂曾經帶品舜去過。前往餐館的路上一片漆黑，坐在計程車上，車窗外下著細細的雨絲，似有若無的飄灑在玻璃窗上，此時車內正播放著莫文蔚的歌曲，唱著：「Hey，我真的好想你，現在窗外面又開始下著雨，眼睛乾乾的，有想哭的心情，不知道你現在到底在哪裡……」，歌詞一字字觸動我的心，聽著聽著，眼淚不自覺滴了下來。

　　進入餐館，我和品舜點了幾道菜，慢慢地品嚐，店裡另一組客人走了之後，只剩下我們了。我看著老闆娘和一位年輕服務生走進走出，沒看到老闆。

　　「請問老闆不在嗎？」我不禁問道。

　　「老闆回馬來西亞處理一些事情，最近都不在店裡。」老闆娘回答。

　　本想和老闆聊聊他是否記得阿樂，我給老闆娘看了阿樂的照片，說明了來意，想來看看阿樂在花蓮喜歡吃的餐館。老闆娘一看馬上認出阿樂，一臉驚訝，難過不捨的說，怎麼會這樣，我對她印象非常深刻。

老闆娘聊著對阿樂的印象，她第一次來用餐的時候，只有一個人，也是晚上，時間已經很晚了，剩下的菜不多，她點了餐之後，就坐在妳現在的位置開始吃飯。我們都是忙完了才吃晚餐的，那天我們煮了一些自己吃的菜，在大圓桌這裡吃飯，我怕她沒吃飽，邀她坐過來和我們一起吃飯，她很有禮貌，也很好聊天，騎了一台很酷的檔車，我和她很投緣，從店內一直聊到店外聊很久，最後是老闆催我說，好了啦！很晚了，妳放同學回家啦！之後她也來店裡吃過好幾次。

老闆娘安慰我說，她是很開朗的孩子，在另外一個世界會過得很好，她是一個不需要擔心的好孩子，妳自己也要保重，很感謝老闆娘安慰的溫暖話語。

一大早向東華會館借了腳踏車，騎著繞行校園，停在東湖湖畔，凝視著阿樂認為學校最美的東湖。

繼續繞行校區每個角落，走到阿樂曾經在無數個夜晚練習滑板的迴廊，也走到社辦的教室，從窗戶看進去，那是登山社每次在登山前的聚會場所，經過圖書館，是她喜歡借書、借影片的地方，走到階梯教室，品舜說阿樂最喜歡坐在最後一排中間的位置。

編織坊是阿樂大一時，晚上和同學們做作品的地方，經常忙到很晚，織成了好幾條圍巾。染坊曾是她剛入學時的最愛，看到染坊教室裡高掛著一條條已染好色的成品。陶藝工坊內有許多未上色未燒製的半成品，記得阿樂大一曾帶回她的陶藝品，那時還被姐姐取笑說是像石器時代的作品。經過的這一間間教室，這裡都是阿樂曾經上課的地方，我走著她曾經走過的足跡。

阿樂編織作品

和鎧瑋約在「山中歲月」吃午餐。他是和阿樂一起在綠島實習的同學，在綠島他們經常一起出遊，應該是說精力充沛的阿樂經常邀他，他是被阿樂盧著出門的。他的手機相簿裡有阿樂200多張照片，50幾部短片，綠島生活點滴回憶。當實習期滿要離開綠島時，阿樂騎著愛將載他去南寮漁港搭船，在後座的他沿路錄下了南寮的街景，在南寮漁港他們道再見，沒想到這一別卻是永別。

　　晚上鎧瑋又跑到東華會館找我，再次打開手機裡阿樂的照片、影片，仔細地告訴我他們在島上的生活、遊玩的情景，是個貼心的孩子。

　　在離開花蓮前，再次來到阿樂曾住過的宿舍外面，看到房東女兒經營的餐館入口，紙雕大樹幹已重新做好了，阿樂曾經答應綠島回來要幫忙完成的，房東女兒說阿樂每天都好忙，但她真的過得很充實。宿舍一樓的兒童畫室門窗關著，我從窗戶望進教室內，房東女兒將阿樂的白色除濕機放在畫室的右邊角落，在那裡陪伴守護愛畫畫的孩子們。

　小時候都很羨慕家裡有養寵物的同學
貓阿狗兒那些的
現在也還是如此
對養寵物這件事抱有一點憧憬
卻已不像以前那麼堅持了
大概是長大以後才慢慢瞭解到
自己其實是個沒什麼責任感的人
現在的情況來看
就算養了也空不出多少時間陪伴牠
這麼說，被我養到的牠會很可憐吧
不過是剛才看到同學在找野貓領養人
突然有了點想法
以領養代替購買，好事一件
我也總是告訴身邊的親友
如果真要養就應該這麼做
但得先好好評估自己的能力
審慎決定，畢竟是關乎一條生命的未來

阿樂

阿樂從小就很喜歡狗或貓，一直很想養，而我總是推託說，等你長大了想養再養。

　　因為家裡沒有養寵物，所以只要看見別人家的貓、狗，總會不由自主地主動親近牠，撫摸著捨不得離開。在花蓮宿舍整理她的物品時，發現地上有一大袋狗飼料，打開一看約剩下半袋，桌上還有幾罐貓罐頭，好奇納悶地想，狗呢？貓呢？後來經由同學的告知才知道，原來阿樂隨身經常帶著狗飼料和貓罐頭，在外面若遇到流浪貓、狗，會隨身掏出來餵食。

　　這又讓我想起她剛到東華時，和我分享學校的校狗「薯條」，牠是一隻黑色的老狗，年紀很大了不太理人，阿樂很喜歡牠，經常主動和牠親近，天冷了，怕牠冷著，脫下自己的外套蓋在牠身上，阿樂還曾得意告訴我：「薯條最喜歡我了，看到我都會主動過來。」動物其實和人類一樣，能感受的到愛啊！

善的循環

你一定要對別人很好，全心全意對待人

從此，善意從這裡開始，並且延續。

2019年7月

讓我從都蘭搭便車到太麻里的哥哥說的。

阿樂

在告別式圓滿結束後，我立即銷假上班，藉由忙碌的工作或許可以暫時忘卻悲傷，但我卻常常思緒停格。

一個多月後，公司辦理的自強活動，我帶隊前往草嶺、五元二角、木馬古道、雲嶺之丘一日遊。

當天遊覽車在草嶺山上要回程時，有一年約50歲的男子拜託要搭便車下山，也問可否在車內順便兜售一些零食，工作人員不敢貿然答應，詢問我的意見，我答應了。

原來，他是在遊覽車上賣東西的，跟著一部遊覽車上山來，回程接駁他的車因故接不上，他下不了山，已經從中午一直等到下午四點多，眼看著天也即將黑了。

其實也不知道他會賣些什麼東西，只是讓他搭車下山，算是舉手之勞。上車後，他介紹了一些零食、雜貨，說話幽默逗趣，但大家都玩累了，興致也不高，賣得並不好，但我看他還是笑容滿面，感覺滿樂觀的人，之後他就安靜的坐在遊覽車最後面的座位。

遊覽車行駛在蜿蜒的山路上，車內寂靜，天色漸黑，終於下山來到市區了。下車後，他一再感謝我讓他搭便車，其實這真的只是舉手之勞而已，在他要離

開之際，我靈機一動，向他買了12包葡萄乾，就在團體吃完晚餐的回程中，在遊覽車上舉辦摸彩活動，在很嗨的氣氛下，結束歡樂的旅程。

　　阿樂以前常說，妳為什麼對同事們那麼好，要幫他們呢？或是，妳的同事都對妳很好耶！

　　這是善的循環，生生不息，延續下去。阿樂在搭便車環島中學到了，我也做到了。

東華山社

東華山社

上了大學之後，阿樂愛上了登山。

「媽媽，我現在常常5點就起床了，到學校跑步喔！」阿樂開心地炫耀著。

「為什麼這麼早呢？」我問。

「早上比較不熱啊！我要去登山，所以要訓練體力。」阿樂回答。

阿樂並不是運動細胞發達的孩子，體力也不是很好，品舜曾對我說過，冒險王不是用體力在登山，而是用毅力。品舜也曾問她，經常騎了好幾個小時的車，會不會累？她說，當然會累啊！只因為喜歡。

每當她回家，就會興奮地和我分享她又去爬哪座山，那山有多麼的美，我也驚訝她的體力能負荷。

除了登山，阿樂對原住民文化也很感興趣，漸漸的會有原住民服飾風格圖騰的裝扮出現，有別於她以前酷帥的中性裝扮。宜煊同學說，有一次她們登山社去市場採買了許多樣原住民的野菜烹煮，有些她覺得苦苦的不好吃，只有阿樂一個人吃的津津有味。

最後一次阿樂和我分享的是瓦拉米古道，一連傳了十幾張照片，每張都要我仔細看，並要注意她的講解，十分認真。

「瓦拉米古道在花蓮玉里，就是以前清朝時期

開的八通關古道，日本人來台的時候也沿用這個古道。」

「這個是日本人留下來的鐵線橋結構，超過一百年了沒有壞掉。」

「這是民國政府之後又加強的現代橋結構。」

「這是日本政府時期的臺灣總督府交通局通信部的水準點，測量用的，通常會是四面正北正南方（我有用手機的羅盤測試過）」

「這是玉里最重要的拉庫拉庫溪，是台灣前十名長的河流，有很豐富的河流生態系。」

「這個是古道上的一塊巨石，布農族的老人家覺得這是不祥的石頭，可是因爲許多爬山網紅來拍，說是鯊魚石，所以就變成瓦拉米步道的打卡景點了。（山裡面沒訊號，要下山才能補打卡）」

「這是日本時期，以前住在瓦拉米步道上的原住民聚落留下來的陶器碎片，有人類學家考證過是阿美族的，證明早在布農族之前，阿美族有在這一帶生活過。」

「這是以前布農族石板家屋的遺址。」

「這是後來跟農委會申請經費，好幾百萬修建起來的佳心部落的家屋。」

「進去之前要先跟布農族的祖先告知。」

「這下面是布農族的阿祖，布農族的習俗是室內葬。」

「如果家屋裡面有人的話，習俗上要升營火，讓周圍的其他人知道這裡有人活動。」

一直以來，每當她和我分享又去登哪座山，去哪裡溯溪，哪裡露營，看到阿樂陽光般燦爛的笑容，我的心也暖暖的。

在告別式前一天，山社的同學宜煊和另一個男同學來看她，在殯儀館陪了我整個下午。宜煊說，因為有阿樂在，她才繼續又留在山社，一起登山，一起分享心事，一起聊天，一切都是那麼的自在。

告別式後經過一星期，我收到了一本書和一封信。

姿瑩媽媽，您好：

幾次想著該如何下筆，卻依然沒有答案。台南送姿瑩完回來已經好些時日，心情較為平復才決定動

筆。不知道阿姨與姐姐是不是都還好……，在突然接
到消息到後續所有準備，一定非常疲憊，在我們去看
姿瑩時，卻還反過來安慰我們，謝謝您的堅強，讓整
個過程寧靜安詳地，沒有沉重得喘不過氣，好好地聚
在一起陪姿瑩走最後一段路。

　　那天回來突然想送阿姨這一本書，回老家後在
獨立書店買到（姿瑩之前有說如果來苑裡再找我玩，
無奈現在沒辦法了……）。這本書是我高中認識，一
位對我影響很大的朋友在山上離開後，所留下的文字
整理集結後出版的，他離開是三年多前的事，那年他
十八歲，如果還在今年也二十一歲了。

　　聽見姿瑩消息那天，也想起了宸君消息傳來那
天，三年了，告別式那天看著姿瑩的照片，也想起了
宸君以前的模樣，想起我甚至跟姿瑩聊過宸君……，
於是告訴宸君，姿瑩過去了，如果他們遇見，大概會
是朋友吧。願他們都好，下次去看宸君的時候，我會
再告訴他這件事。

　　實在很不好意思，這封信寫得很碎，但願透過書
裡溫柔的字，與山海的描述，能給您些許慰藉，也希
望阿姨保重身體，照顧自己。

2020.05.16我看到一則新聞報導：台北大學登山隊16人攀登畢祿山林道，女大生摔落85公尺深山谷身亡。心裡有種不安的感覺，這座山阿樂也攀登過，於是傳了相關新聞報導給她。

　　阿樂嚴肅地回了我訊息：「不只登山，做任何事都一定有風險，我們在做每件事情之前，唯一能掌控的只有風險管理。以登山爲例，所謂風險管理就是事先做好路線與路況的安排，確認出發前的天氣，評估此路線對於自己身體狀況能否負荷，慎選值得信任的隊友，在中途遇到體力不支或路況不符預期的情況，有能判斷是否繼續行程的能力。」

　　「台灣有超過70%的國土是被山林覆蓋的，海拔高度超過3000米的高山數量也是全亞洲排行數一數二的，要認識家鄉最好的方式就是爬山。」阿樂滔滔不絕地告訴我。

　　但不知爲什麼，心裡總一直有股不安的感覺。

　　2020年6月11日又看到幾則野外溪邊戲水溺斃的新聞報導，傳了報導給阿樂看，告訴她，媽媽的擔心。

　　阿樂回了訊息：「我去每個地方之前有先搜尋過關於該地點的資料，例如我要去的那個溪，我就會搜

尋它的座標，從幾公里處開始沒有手機訊號，周圍是否有深潭或瀑布，以前去過的人在網路上寫的遊記有沒有提醒一些注意事項，遇到暗流如何自救，我甚至也用衛星空拍圖先檢視過地形了。」

「妳不去接觸溪流，妳永遠不會知道原來這條溪在流進大海之前，會流向民生用水，而且溪流有豐富的生態系，有很多漂亮的溪魚、溪蝦和藻類。」阿樂繼續說著。

「環境評估也是這麼一回事，不接觸山野的人，會理所當然的覺得在開發一塊土地之前，不需要環境評估，亂丟垃圾、排放廢水不會對自己有任何影響。」阿樂很嚴肅的對我說。

阿樂一向獨立、細心，而我也一直很信任並相信她，給了她自由揮灑的空間，很多事情不需要我操心就能完成，我也希望我的孩子能快樂自在，尤其是在經歷了國、高中的傳統束縛之後。

上了大學的阿樂，接觸山林與海洋，從她的笑容我知道她找到了屬於自己的自在與快樂，自信活出自己想要的生活。

中秋佳節，宜煊同學再度捎來問候關懷信：

　　前一陣子登山社去了中橫和關原，一到中橫就想念姿瑩，那時維瑾（山社同學）說，就想念吧！覺得很踏實的話。我剛剛去攀岩，好久沒攀了，帶新手新生兩個多月，他們終於也有一個程度，大家都可以玩不用教太多。阿姨若有來，也可以帶妳去岩場走走，那也是姿瑩會去的地方。

2020.08.02客兄的店臉書發文

我有一個朋友叫阿樂

也是這台車的主人

她是我見過長得最適合這台車的人

第一次見面是2018年8月

她來店裡吃飯

然後就很投緣很有話聊

怎麼會有人和愛將150長的這麼配的人

她在花蓮讀書

每次回台南都會來找我

我去花蓮也會去找她

她就像我的妹妹

長得像弟弟的妹妹

她喜歡戶外活動喜歡冒險

爬山、攀岩、野營、衝浪、潛水和許多運動

她常常手機關機會不回訊息

她說那樣很自在

我三不五時都會問她在哪

不要自己跑太遠讓人找不到很危險

但是前幾天她去潛水就沒有回來了

本來約好後天要去露營和衝浪的

阿樂

162

馬的，這次我真的找不到她了
她最愛的陳寶也看不到了
她和我借的滑板還沒還我
都還沒學會豚跳

　　人與人之間的緣分很奇妙，緣分到了，自然相識。

　　以前阿樂只要從花蓮回來，經常丟下一句：「我要去找陳寶玩。」一溜煙人就出門了。

當時我只知道「陳寶」是一隻她很喜歡的狗，某家店的老闆所養的店狗。而陳寶我一直以爲是「城堡」，也直覺認爲是中、大型犬，直到阿樂走了之後，我找到了牠，才知原來是「陳寶」，是一隻可愛的白色小型犬。

在阿樂發生意外時，那天下午消息就傳開了，我在阿樂的手機裡，發現一個急著找她的訊息：「妳在哪？快回答我！」就這樣，我連絡上了陳霖，認識了他。

早期的陳霖是在街頭擺攤賣早餐，漢堡、三明治、蛋餅，有著特別的名稱「客兄早餐」，招牌自己手寫在衝浪板上。擺攤二、三年後，陳霖在巷弄租了一間老房子，開了店賣起了客家風味的簡餐。

「我第一次注意到阿樂是在兩年多前，那天晚上我永遠記得，很晚了，距離打烊時間約剩一小時，阿樂的愛將騎進了店裡的院子，我聽到聲音出去察看，一看到這部車，哇！酷喔！再看到車主人的阿樂，太帥了吧！是女生耶！阿樂靦腆地問，我車子可以停在這裡嗎？我說，當然可以。她是第一個把車騎進我院子的人，也是唯一一個，也就只有她可以。」陳霖對我說。

「第一次見到阿樂就很有話聊，進到店內就一直聊，直到阿樂說，我好餓！」陳霖笑著說。

「剛開始不知道阿樂這麼年輕，後來才知道我大阿樂8、9歲，但不知爲什麼就是很有話聊，也很羨慕她，年紀這麼輕卻能生活歷練這麼豐富又能到處爬山、露營。和她很投緣又能聊，不論是去玩、露營、烤肉、參加活動，都會想到她找她一起去。」陳霖和我聊著。

「後來店裡要增釘屋頂裝修，阿樂也過來幫忙，甚至也曾幫忙擺過餐車。」

陳霖說，去年（2019年）佳樂水國際衝浪比賽，他和阿樂都是工作人員，當比賽結束後，幾位工作人員留下來拆帳篷、旗幟，那時他催著阿樂先離開，以免天黑了回花蓮時騎台東的山路危險，但她還是堅持想留下來幫忙。

那年年底的台東國際衝浪比賽前一個多月，陳霖曾和阿樂提了想去看看，之後就沒再提，沒想到比賽當天，他們竟同時出現在台東，我笑說，有精彩好玩的事，她怎會忘了呢！

「已經約定好了，阿樂從綠島回來後，我們要去海邊烤肉露營的，但阿樂缺席了。」陳霖難過地告訴我。

在約定好的8月2日那天，大夥兒如期來到海邊，難過地靜默不語，當晚風大浪大，但大家相信阿樂會來的，已經約定好了，她會來的。

告別式後，我第一次去陳霖店裡用餐，店裡除了陳寶還有流浪狗糜a，還看到幾隻收編的流浪貓，這些貓兒、狗兒，既乾淨又乖巧，看得出陳霖用心的照顧，也知道為什麼阿樂喜歡來這裡了。

用餐完和陳霖聊著，知道他的店面租約快到期了，想找大一些的店面搬遷，而在這過渡時期，計劃先重回街頭擺攤，當時已買了一部二手車，準備擺餐車使用，還在整理改裝中，那時阿樂也一直興奮的對陳霖說，等車子整修好了，要載我出去玩喔！陳霖感慨的說，現在車子已經弄好了，但阿樂已經沒辦法坐上去了。

距離結束店面營業還有1個多月，我再次去用餐。

「找到以後要擺攤的地點了嗎？」我問。

「還沒有，還在找。」陳霖說。

「你以前都擺在哪？」我接著問他。

「以前我都是找一些邊邊角角的地方，也曾經被警察開單，有一次還熱到差一點中暑。」陳霖聊著以

前的情景。

這時，我的心中浮現一個想法。我告訴他，有個地方不知道合不合用？

「在哪裡呢？」陳霖問。

「阿樂的舅舅有塊空地，就在火車站附近，一直空著沒有使用，你去看看吧！」

就這樣，陳霖讓一塊空地重生了。

「客兄」陳霖的店最後一天營業日，我再度去用餐，點了「梅干扣肉飯」。

「阿樂很喜歡吃這道菜。」陳霖說。

仔細品嚐之後，真的很好吃。雖非科班出身也不是專業廚師，但他煮的真不錯！因為準備要結束營業，最後幾天陸續有很多人回來用餐，是懷念吧！很多客人吃著吃著就變成朋友了，我很喜歡這種感覺，不只是顧客和老闆而已，還有像朋友間的關懷、問候、分享。環視店裡的景物，內心充滿不捨，「客兄」是阿樂回台南必去的地方，在阿樂的人生裡占有重要位置，這裡店內的設備、擺設、佈置即將拆除，阿樂曾經幫忙釘過的屋頂，她常坐的位置，抱著愛狗陳寶和陳霖聊天，這些都不會再有了。

不得不佩服陳霖的創意，把有雜草、廢棄磚頭的空地，整理改造成一個很特別的地方，自己釘了一個木頭小攤子，拆掉原有鐵皮門，自己做紅色木門、釘木條圍牆，裡面的擺設幾乎都是資源回收再利用，廢棄的機車椅墊、老唱片、舊滑板、洗衣板、舊裁縫車、舊門板……，很多回收廢棄物，經過他的巧手與巧思，都可以組裝成桌子、椅子，令人驚訝的創意。掛在牆上的每一個蕨類盆栽，生長在廢棄的木板、滑板、網球拍……，展現強勁旺盛的生命力，空地已變身成為一個特別的地方。

在籌備整理的期間我經常去，一邊看著陳霖釘東釘西，一邊和他聊阿樂，一起想著阿樂此時若在，一定很開心。陳霖說有一次他出去擺攤，突發奇想做了一個新口味的漢堡，阿樂吃了好喜歡，一連吃了兩個，我說，那以後你推出這個漢堡可以叫「阿樂漢堡」，若有客人問為什麼叫「阿樂漢堡」？你就告訴他們，因為我的朋友阿樂喜歡吃，一次都吃兩個。

「客兄早餐」開始營業了，但此刻阿樂卻無法參與，我經常想著，若阿樂還在該有多好！

「在，她一直都在。」陳霖說。

客兄早餐，阿樂漢堡

　　是啊！我也堅信她正在開心地看著呢 ！阿樂漢堡，好吃！讚！

綠島追憶
2021.03.05-07

　　阿樂在綠島，經常傳訊息或打電話回來。
　　「媽媽，我今天過的好快樂喔！」
　　最後的訊息是：「媽媽，我這一個月，每天都很快樂，我再過幾天就要回家了。」

阿樂

一個人要在一個月，每天都很快樂，很難吧！但阿樂感受到了，因爲山和海都是她的最愛。

　　阿樂走後，我一直想去綠島，想親自去感受她的快樂，她一直說的那個山和那個海。

　　「想去綠島嗎？」我問鎧瑋和柏薰。

　　「很想啊！」鎧瑋和柏薰的回答。

　　於是，我約了阿樂在綠島一起實習的二位同學鎧瑋、柏薰，我們一同踏上了綠島。

　　三月，在綠島是旅遊淡季，富岡漁港開往綠島的船僅上、下午各一班，在港口邊，有稀疏幾團遊客排隊等待登船。我面向港口想像著，去年暑假在酷熱的氣溫下，阿樂獨自揹著大背包，騎著心愛的愛將來到這裡，邁向她的夢想地，那時候的她，內心應該是既興奮又充滿無限憧憬的。

　　我們事先請人權園區的美娟幫忙訂了民宿，民宿離美娟家很近，在南寮街上。

　　到了綠島的第一站先到綠洲山莊，門口前面豎立著一塊大岩石，寫在岩石上紅色斗大的字「綠洲山莊」，很熟悉的畫面，阿樂剛來報到後，曾經拍攝影片傳給我，也傳給正在溪頭露營的柯爸，告訴他正在綠島實習，實習結束後要去溪頭找他。

雖然只有短短一個月的實習，園區人員看到鎧瑋和柏薰回來，很熱絡也很高興，她們對實習生都很照顧，對於阿樂的意外離開充滿不捨。

　　我仔細地參觀人權園區，園區人員熱心的帶領我參觀導覽解說，看著這些曾出現在阿樂手機相簿裡的場景，她曾開心的與我分享，而今親自來到這裡，景物依舊在，但阿樂已經無法再回來了。

　　因為是淡季，南寮街上有點冷清。去年暑假則是人多機車多，當時因為疫情關係不能出國旅遊，整個綠島簡直被觀光客擠爆了，鎧瑋說那時候整條街連停機車都沒位置呢！

　　鎧瑋載著我，奔馳在南寮街上，邊騎邊介紹著，這家早餐店阿樂常去買，那家自助餐他們常去吃，若有時太晚去，還會賣完了，鹹酥雞這攤很好吃，還有那家餐館的炒飯是最好吃的。

　　因為不是旅遊旺季，有些商店沒有營業，中午午餐問鎧瑋想吃什麼，他想了想，回答：「竹屋的炒飯」。當鹹魚炒飯端上桌，鎧瑋和柏薰流露出懷念的神情，開心的說：很久沒吃了。以前他們會外帶，也曾經和阿樂三個人來這裡吃飯。柏薰說這家的花生豆

腐很好吃，但可惜今天沒有這道菜，兩個人有點失望，我回到台南後，再重新翻閱阿樂的筆記，才知她很推這家的麻婆豆腐，可惜當天中午也沒有點。偌大的餐廳，只有我們三個人用餐，直到快吃完了，才又進來兩位客人，綠島的淡、旺季真的很明顯。

綠島燈塔去年整修，所以當時阿樂和他們只能在圍牆外邊拍照、欣賞，今年已整修完成，可以近距離的觀看燈塔。阿樂曾傳了照片給我看，綠島燈塔的白天和夕陽照，那時候的天空很藍，雲朵很美，像幅美麗的風景畫，藍天白雲下的阿樂，蹦蹦跳跳在燈塔的圍牆邊，開心笑開懷，並要鎧瑋幫她拍照、錄影，每當我再次觀看這影片，看著她邊走邊跳逗趣搞笑的動作，又差一點站不穩，不自覺地笑了，我的阿樂真的太可愛了。

在綠島的海邊，可以看到許多奇岩異石，哈巴狗對應著美人魚，是火山噴發和海蝕作用形成的，孔子岩像孔夫子面壁思過，將軍岩狀似身穿盔甲的將軍，還有綠洲山莊外面一眼望去，矗立在海上的三峰岩，它們默默的見證了島上的人、事、物，在許多歷史檔案照片中留下身影。

我們很幸運的躬逢溫泉村土地公廟的廟會，美娟邀請我們晚上到村子裡玩。廟前有歌仔戲演出，廟內可求發財金、乞平安龜。我們晚上近7點來到土地公廟前，只見稀稀疏疏的村民，正覺得納悶時，不一會兒人潮愈聚愈多，擠滿了廟前廣場，大家都是準備來接糖果、發財金。

廟前煙火開始施放，閃耀點亮漆黑的夜空，迸出一朵朵耀眼火花，此時戲台上的八仙陸續粉墨登場，重頭戲是眾仙從戲台上灑下糖果、餅乾、果凍、泡麵、零錢硬幣……，廟前廣場的村民們，不分男女老幼都已摩拳擦掌的擺好預備動作，我們也加入搶錢大作戰行列，大家瘋狂搶的不亦樂乎，我接到了一包科學麵、一個小果凍、三個餅乾、一個糖果，還有57元的硬幣，成果豐碩，鎧瑋和柏薰戰績也不錯，真是難得的體驗，好久沒開懷大笑了，度過難忘愉快的夜晚。

離開溫泉村，騎了一小段路，就到附近的朝日溫泉。溫泉區入口旁有一小徑，沿著步道而上，來到空曠的帆船鼻草原，這是阿樂和鎧瑋、柏薰經常會來的地方。

白天的帆船鼻大草原，一片綠油油，像張超大

的地毯，可以眺望大海和海邊的奇特岩石，但因為空曠毫無遮蔽物，夏季非常炎熱無法久待，阿樂他們常選在黃昏時分，或坐或躺在大草原上，放鬆悠閒的聊天、野餐、大叫、大笑、發呆，欣賞海景與夕陽，黑夜的滿天星斗和月光伴隨著年輕的瘋狂。

今晚，我拾級而上帆船鼻大草原，夜幕漆黑，俯視草原下方的朝日溫泉閃亮的燈光，依稀可見幾個在溫泉區走動的人。鍇瑋說他們曾經晚上買了一大袋鹹酥雞來草原這裡吃，因為天很暗，所以竹籤亂插，不知道到底插了什麼食物就往嘴裡塞，大家吃得很開心也聊得很盡興。

去年他們來到這裡時，夜空中繁星點點，但今晚我抬頭仰望，卻看不到任何一顆星星。我靜下心來，聽著耳邊傳來陣陣的海浪聲，在這靜謐的夜裡，微微的海風輕吹拂著，身心放鬆舒爽，原來這是阿樂喜歡的感覺。

牛頭山也是阿樂很愛的地方，位在綠島的東北角，遠觀有如老牛俯臥在海面上。我把機車停在登山入口旁，沿著步道走上去，高度不高且路徑好走，比我預期的輕鬆，很快就來到山頂。山頂視野極佳，平緩的大草原，碧草如茵，高處俯望四週海面，奇岩異

石盡收眼底，真是個觀海、賞夕陽的好地方。

　　燕子洞、情人洞、觀音洞、小長城、二二八紀念公園……，綠島雖然面積不大，遊玩景點卻不少，而且每個景點距離都很近，騎機車環島很快就可玩遍。

　　來到石朗潛水區，正對面就是阿樂出事的「9號潛水店」，心裡一陣揪痛。

　　沒告訴潛水店業者我要來，出事當天帶阿樂的教練已經被PADI（潛水教練專業協會）除名了，教練過失致死案件檢察官仍在偵辦中。

　　店門口有其他教練正帶著潛客走向海面，我緩步走進店內，只有一位顧店的小弟，望著店內的牆上，眼前呈現巨幅的海龍王畫像海報，沒錯，就是這裡，曾出現在阿樂手機裡的照片。

　　潛水店前的石朗潛水區，雖是淡季，但仍陸續有幾位教練帶著潛客來潛水。兩位年輕帥哥教練帶著兩位年輕女孩剛上岸，正在將客人的裝備解下，我走向前和其中一位攀談，他原以為我是對潛水教學有興趣，我告訴他，我是去年7月31日大白沙出事往生者的媽媽，我看到他驚訝的倒抽一口氣，感覺到他內心的波動，和他聊著，我說在去年就想來這裡，但家人不同意，怕我情緒激動，可是我很想來，非常的想來，

阿樂

想來看看我女兒經常告訴我的美麗島嶼。對於我的疑問與當時狀況，因為他不在場，所以也不便評論，但他也為我加油，希望我堅強，我不禁落淚，而他也紅了眼眶。稍晚回到民宿時，有人看到一篇臉書的發文傳了給我，這位年輕教練將和我的遇見寫了出來，也同時呼籲希望不管是同業或會潛水的朋友，潛水時務必要小心謹慎。

再往前騎了很長的一大段路才來到大白沙潛水區，在一旁停妥機車後，聽見耳邊傳來了輕快的吉他聲，此時看到大白沙前有一涼亭，涼亭內有一很隨興穿著拖鞋的男子正在彈奏吉他。

鎧瑋和柏薰坐在涼亭內望向海邊，我也坐了下來，遙望著大白沙海面上一波又一波的浪花，靜靜聆聽輕快悅耳的吉他彈奏聲。過了一會兒，彈吉他的人稍停歇時，我和他聊了起來，原來他在人權園區擔任晚班保全，白天經常會在這裡彈吉他，阿樂出事當天，那時他人也在涼亭，救援的海巡署人員上岸時，累趴了，他還提供飲用水。我很感謝他經常在這裡彈吉他，因為阿樂在小學三年級時學彈吉他，這是她喜歡的樂器，這伴隨著海浪飄送的吉它聲，阿樂妳聽見否？

涼亭旁，有一剛上岸正在機車旁整理裝備的老翁，每天早上都會來這裡潛水，今年已經70歲了，他說阿樂出事那天，他剛上岸已經離開了，不然或許可以幫上忙。他問我為什麼還要來到這個傷心地？是啊，很多人都會覺得我為什麼要來，在我的心裡想著，阿樂在那一個月裡，一直開心地傳達分享她的快樂，已和我說好，以後要帶我來玩的，雖然她放我鴿子了，但我好想讓她知道，我來了，我看到了，我感受到了。

　　開朗的美娟邀請我們晚上去家裡吃豆花，她說阿樂也很喜歡吃她們家的豆花。美娟家的豆花店應該是全綠島最特別的店，「閤美小舖」外牆滿滿的彩繪，出自她的小畫家老公之手繪，店裡店外牆面皆洋溢海洋風情，還養了兩隻可愛的浪貓進香和阿花。

　　因為是淡季，店裡並沒有開門營業，她和小畫家老公特地為我們煮了一大鍋花生豆花，許多食材都是自家栽種的。好客的美娟拿出了很多私房好料招待我們，除了我們，還來了幾位年輕的藝術家，為即將開始的綠島人權藝術季展開籌備工作，洋溢溫馨飽足的夜晚。

同學朋友師長對阿樂的追思

　　子均是告別式結束後和我擁抱的同學，2020.09.06她寫下對阿樂的思念傳給了我。

子均

　　「妳就像蒸發」

　　離開就像蒸發了，多麼細膩的比喻。

　　妳喜歡溫暖的待在像角落又有光的地方，不管在山裡，還是海裡。

　　我們不會特別相約在彼此看得到的地方，午後的湖畔餐廳，嘈雜的酒吧，深夜的海邊，還有那個一直都在的山社。

　　妳一直都有一雙溫暖有神的眼睛，記得那天我們在夜晚的市集巧遇，妳帶著我和阿柔到妳喜歡的海邊，熟練的撿起樹枝，生起了火，然後娓娓道來⋯⋯

　　妳是一個不太在意任何人的人，滔滔的說著妳一個人搭便車遊台灣的奇幻之旅，我說下次還想聽，妳說可能沒有下次了，夜晚的星火倒映在妳的眼睛裡，

一閃一閃的發亮。

　　妳是一個愛喝酒的人，開心的時候喝，不開心的時候也喝。一起合購了一瓶小米酒，就像串通好的，妳帶了冷水壺和冰塊，而我帶了蔓越莓汁和氣泡飲，而她帶了一串白葡萄，而他又帶了一瓶威士忌，西班牙的歌曲響起，我們唱起了歌，跳起了舞。

　　妳是一個喜歡無限續攤的人，才剛在湖畔巧遇吃完中餐，又變出一包可可球，讓我們有更多的話可以說。

　　不如等等買個酒到海邊喝。是你最喜歡掛在嘴邊的話。

　　妳是一個熱愛大自然的人，我們相約要去溯好多的溪，看好多的瀑布，雖然一次都沒約成，因為妳的率性，更看心情的多睡一點，反而在山裡遇見的更多一些。

　　最後一次見面聊天，妳的壞習慣依舊沒變，喜歡偷喝我的飲料，不管是調酒還是西瓜汁，回家後收到妳感謝的訊息，那天的妳心情不好，一杯西瓜汁的陪伴好像快樂了一些。

　　每一次的相遇，我們都不會刻意的經營聊天氛圍，想聊就聊，不想聊就發呆，反正妳不太在乎，我

也可以變得不那麼在乎,那是一種安心的感覺,可以很自然的存在妳的面前。

　　而現在,我們的聊天紀錄停留在妳在綠島拍下的夕陽,妳很快樂的和我分享這份喜悅,而我知道不會有更多關於妳的消息,儘管我很想妳。

　　我知道妳會慢慢的從我的生命裡蒸發,只想用我的方式給你滿滿的祝福。

東華　育婕

　　八月八日告別式
　　但那天上班,所以沒辦法到場和妳好好道別。

181

同學朋友師長對阿樂的追思

雖然同班三年，但好像最近一年，因為上課或活動才有比較密切的接觸。

　　一起出去吃飯聊天，都是開開心心地聊一些無意義的幹話。

　　常常聽你說要去哪攀岩、溯溪、潛水或是學滑板等等。

　　還記得這學期同一組，上課都要call妳起床，然後下課前一個小時出現，再一起去吃中餐。

　　還在群組裡幫腔，找老師講道理。

　　在最忙的那幾個禮拜，跑去找木瓜溪的河床在哪

　　當生火小達人看著火堆發呆一個小時，或是兩個人晚上十點多，帶著一個只能睡兩人的小小帳篷，在鹽寮的海邊搭棚直接睡，只為了看日出。

　　最重要的成果發表沒出現，不知去哪浪了。

　　只知道妳很興奮暑假要去綠島實習，這些事好像才沒多久以前。

　　剛下班就在群組看到妳過去的消息，一時之間無法相信。

　　畢竟前一天還看到妳發限時動態

　　謝謝妳帶著我冒險

　　希望妳一路好走。

阿樂

東華大學歷史系潘老師 2020.10.09

　　她的爸爸，她的媽媽，她的姐姐，她的愛將，她的小花，她的札記，她的狂熱，她的勇氣，她的陽光，她的追求，她的執著，她的行動，她的文字，她的影像，她的記憶，她與這片土地和很多人的連結。

　　如果說有誰曾用力地、用心地、踩著雙腳、張開雙眼，到處去探索、認識、紀錄這片土地，以及她與這片土地牽絆了人兒，那就是她了。

　　有一天，在校園一角遇到某位學生，她說，好喜歡她，她是阿樂。

　　一個會突然跑去海邊露營，為著聽海，收集海浪聲音的可愛人兒。

　　很多人都記著她，記著她的美好，後來才知道她叫阿樂……

　　在真實的人生中，跟她交集，約莫只是二、三十分鐘的兩句對話……

　　妳為什麼想去那裡？

　　因為我想去那裡，去那個地方是我的夢想。

　　非常氣壯！

　　關於這些與那些，本來沒有想要留下任何文字，畢竟只有兩句話的交集。

同學朋友師長對阿樂的追思

剛剛無意中知道今天是她的生日，突然很想留下些什麼。

　　雖只有短短兩句話，但因為她去了那個地方，卻已足夠認識她，快要一生。

　　很多人都記著她，記著她的美好。

　　連結很深且記憶很長！

　　生命力度，不是俗人想像的那樣。

　　因為阿樂，牽引了我和東華歷史系的連結，認識了歷史系的幾位老師，也開啟了對歷史的興趣。2021年4月，和東華大學歷史系師生一同前往綠島，在人權園區的學習，認識了親身經歷白色恐怖的前輩，對白色恐怖時期的歷史瞭解更多，無限感動與感慨。

人權紀念碑

語恆 2020.09.06

　　阿樂是我轉學後，第一個交到的知心好友，她總是跟我說不要讀她的心。

　　跟她在一起總是很輕鬆快樂，我們常常互相訴說煩惱，也常常聊一些一點都不重要的話。我們無所不談，雖然不是同一科系，見到面的機會並不多，但我們總會找時間聚在一起，她喜歡看那種很久以前的經典電影，每次找我一起看，我總是在旁邊睡著，然後跟她說我絕對不會再看2001太空漫遊了！

　　我跟她常常開玩笑說，品舜比較愛我們兩個其中的誰，但其實我一直更加喜歡她，我的個性比較難交到知心好友，她真的是我為數不多的知心朋友，我知道她喜歡海，很嚮往冒險與自由，喜歡各地的民間文化，以前曾經和她說過跨年我們一起去看海好不好，結果因為太冷放棄了，跟她一起熬夜、一起上課、一起吃飯、一起看電影，被她載都是重要的回憶。謝謝她成為了我轉學後第一個知心朋友。願安詳。

盈禎 2020.08.08

　　嗨！阿樂～今天去看妳了。

　　很抱歉我還是沒能忍住難過，哭了好久好久。

還記得高一的時候，我和普頭還很失禮的偷偷在玩猜你是男生還是女生的遊戲，沒想到後來就這樣變成一群了。

　　雖然我們不是平常很常連絡的朋友，但我們每個人卻都是很真心的在對待彼此。

　　在小夏指考的時候，一起約去陪考（雖然有放他一個人跑去家醜家做蛋糕）。

　　在普頭生病的時候，一起騎到茄萣找他。

　　而今天我們也一起約去看妳了。

　　阿樂，我一直覺得你是一個很勇於冒險的人，自己嘗試各種事情，去各地旅行，但這次妳冒的險太大了，去了好遠好遠的地方。

　　至少妳最後是在做妳喜歡的事情，對吧？

　　我好想念我們一起去澎湖的日子，

　　想念大家一起開吳芝麻的玩笑，

　　想念我們每次聚餐都硬要吃肉多多，

　　想念每次出門妳都很愛遲到，

　　想念你每次都故意叫我阿平，

　　這所有的一切感覺好近卻又很遠，

　　最近有個朋友跟我說，

　　人離開世界其實不算真的消失，

阿樂

是當他在妳的回憶裡完全消失時，
他才是真的不在了，
所以阿樂妳會一直在我們心裡，
在我們群組裡，
我們也永遠是家樂珊小雞皮，
我相信我們終將相遇，在很遠很遠的未來，
我們愛妳，阿樂，也相信妳會是最酷的小仙子，
可以更自由自在無拘無束地到處冒險。

「家樂珊小雞皮」高中摯友

同學朋友師長對阿樂的追思

2019年暑假當阿樂環島回來時，興奮地描述張教授夫妻熱心的搭載，請她在休息站吃午餐並送了6顆火龍果。告別式後去花蓮宿舍整理阿樂的物品，在桌上發現了張教授當時給她的名片她仍保存著，在她的手機相簿裡，7月25日有張截圖是張教授的臉書頭貼，當時在綠島的深夜裡，阿樂想到了張教授？想起了環島的點滴？

於是，我傳了訊息告訴張教授，阿樂離開了。

張教授傳來追思文，和阿樂短暫的緣分。

台東大學張育銓教授 2020.09.20

追念一抹後座的年輕

2019年7月17日 天氣晴 無風

儘管是星期三的早晨，夏日的墾丁依然浮現來自各地的年輕人在這邊享受陽光下的自由氣氛。大約9點多，當車子離開恆春鎮市區後，在一個小巷子轉角，有一位年輕人用很含蓄的手勢要搭便車，因位置不是很明顯，加上車速60公里左右，基於安全不好緊急煞車，在路邊大約30公尺處停車後，再緩緩倒車到這位

年輕人身邊。當倒車到年輕人面前時，在大背包後面的蓬蓬頭下，是一位女孩。

因為我與老婆正從台東經過墾丁，要往南投過一夜，再到新竹搬家，車上載滿了大小的紙箱。因為已經沒有空位，因此詢問這位女孩，如果我們喬出一個位置，有點擁擠，妳願意嗎？

她很爽快的微笑，回答當然好啊！我們一起拿出剪刀，把好幾個紙箱的膠帶剪開，再一一折疊，塞入已經裝滿東西的後行李箱中。勉強在後座整理出僅容一個人和一個大背包的空間。

車子出發後，我們才問這位女孩要去那裡，一開始她說她要去嘉義，但是聽說我們要去南投，她說，南投也可以，她在集集有朋友，可以去找朋友。

在聊天之中才知道，這位女孩是吳姿瑩，就讀東華大學藝術創意產業學系，因為剛好我有位朋友在那個系上教學，也就順道聊一聊與幾位老師的互動狀況。姿瑩有一股獨特的藝術特質，她喜歡互動的老師，也是同樣類型的人，顯然她在東華大學又找到屬於自己可以信任與欣賞的老師。

聊到環島過程時，姿瑩說她在台東搭到一位很特別人的便車，是一位作家撒可努，她問我認不認識。

同學朋友師長對阿樂的追思

當然認識，台東很小，這麼有名的人當然認識。姿瑩提到撒可努有邀請她參與今年的收穫祭，我非常推薦她參加，並且稍微說明排灣族的收穫祭以及拉勞蘭部落這些年在世界南島族群文化交流上的積極。

車子到達高速公路之後，路況較為平穩，姿瑩就睡著了。我們想應該是太累了，就關掉音樂讓她好補眠。中午在高速公路東山休息站簡單用餐，上車後，姿瑩又繼續補眠。直到快到南投集集火車站時，才喚醒她。

跟姿瑩確認她在南投的朋友可以來接她之後，把名片交給姿瑩，交待有什麼狀況可以打電話給我，分享幾顆在屏東旭海買的有機火龍果，祝她環島行程順利。

2020年9月1日 天氣晴 微風

姿瑩媽媽傳來訊息，這位隨性並且對人很信任的女孩，化做天使守護更多在這個世界上勇敢追求自我的彩虹。

2020年9月24日 張育銓教授在綠島臉書發文

去年七月在墾丁的一個很小的路口

阿樂

載一位正在環島的女孩到南投集集
今年七月她在這片綠島海域變天使
她的媽媽透過她的環島日記找到我
前天把我的追思寫成散文寄給她媽
昨晚聽著海浪的悲泣聲我一夜難眠
祝福每個追求自由的靈魂好好活著

人權園區輔導員林雁婷 2020.9.27

人生，是一場盛大的遇見
回顧在妳實習這些日子的相處
感受到妳滿滿喜愛大自然、熱愛冒險。
身為媽媽的我總是囑咐妳
孩子請妳小心好嗎？
頭髮可以綁好嗎？（默默地替妳紮起頭髮）
一邊嘻笑著問：妳到底有沒有洗頭，怎麼可以這
麼油？
聽你講著露營享受野外探險，
眼神裡總是滿滿的小宇宙，
阿樂，多麼熱情溫暖的孩子，
將永遠牢記我們心中。

車華 品舜 2020.8.8

祝好，心靈相通的蛔蟲

偶今天有穿漂亮極短褲

雖然犁田的腳皮剛長好而已

很醜哈哈哈

如果姐姐有看到的話

幫我說我要跟冒媽抱抱（冒險王的媽）

我們隔空抱抱 哈哈

我是吳姿瑩的大學同學

但本質上我已經把她當家人了

會互罵的那種

謝謝你在我要離開花蓮之前

把所有空檔塞滿載我去沒去過的溪、山、海

我想那可能就是預知的告別吧

雖然我根本還沒寫信超好笑

祝一切順利

吳姿瑩你不來參加我的婚禮你就死定了蛤！

飄也要給我飄來

偶會點名喔，禁止遲到一小時

阿樂

東華 黃亦鋒 2020.8.4

還記得第一年妳來到東華的時候，那一屆機研社妳騎著一台綠色老檔，初碰檔車的妳感覺還很青澀，因為檔車而讓我們成為了朋友，雖然我們沒有到很熟，但妳的瀟灑還有老檔讓我一直都記得妳，幾次偶遇聊聊天，看著妳到處騎車體驗人生，分享妳到處遊玩的心得，本來還想找妳一起結伴上山下海的，現在妳可以到處翱翔了。

很開心能成為妳人生的一塊拼圖。

Lemina Lin 2020.8.4

還記得那一夜洄瀾潮去的花蓮溪口，站在遼闊的大海面前，即使夜幕低垂依舊清晰地感受到了世界的壯麗。

一句隨性的答應，我們開始了小小的觀察紅頭吻仔之旅。結束之後，也搭笑著下回找個機會來出海口露營，等待凌晨兩點的靜謐與潮汐時間點帶來的大海豐沛生命。

雖然見的次數不多，但喜歡自由不羈的妳，騎著那台煞車時總是「嘰」的綠色檔車率性地劃破天際，喜歡翻閱限時動態中妳錄下拍下的每一幅風景。

同學朋友師長對阿樂的追思

相信現在的妳，已經不需要在艷陽下流著汗、或者雨天披上雨衣的騎車，而且能夠去到更遠的地方，看見更高更廣闊的世界。

即便知道妳是有了翅膀，依然執拗地想選擇騎著愛車的女孩。

祝福妳在那個更高更遼闊的天空中，可以繼續這樣的夢想與旅行，不再有身體的細綁束縛。

品舜同學是阿樂走後，和我互動最多的同學，他也會常想起阿樂，剛寫好就傳給我看，我有些看懂有些看不懂，這是他描述的阿樂個性和他們的曾經。

很感謝他陪我到花蓮追憶，帶領我走過他們曾經去過的許多地方，告訴我很多事，在花蓮各地的，在學校的。之後我到台北開會也會去找他，透過他，我更了解姿瑩的大學生活。他告訴我要找到阿樂織的圍巾，好好珍惜它，因為阿樂織得真好，很平整、配色他好喜歡。那是阿樂大一的時候，歷經無數個夜晚，在編織工坊奮戰的成果，經常在月夜踩著疲憊身軀回到宿舍，大一那時候還曾特地帶回來展示給我看。

品舜 2021.3.11

〈嘿，是我—記去了的王，冒險〉
名單以外的頭香我搶
ㄇ字橫劃下移上移
一些線香
就當是局部史書收集
懶得洗碗也總是慢了不只一些
拖著相反的軀殼
坐在同是斷裂的木製長椅
斷裂的涯點疾馳
往道碑、沒落漁港、海山溪山分界悽悽和哪些
同時進行的時地物像
三二七五的雨衣胖老人
還有尾椎，15公斤的
沙洶湧在黝黑ㄋㄧㄟ
另外一張記憶卡在火燒
請插入記憶卡
請插入記憶卡
請插入記憶卡
四散福爾摩斯的記憶卡匯聚成河
成異史觀的簡史

Estudian得在學校嗎？
喔，忘記說，怕小璧

東華大學 祐齡 2020.11.24
　我們因騎同款車而相識
　而即使稱不上相當要好
　妳還是來參與了我今生第一次的聯展
　並說著對我的作品有多麼的喜愛
　當事情發生時也曾猶豫了一陣子，我是否有資格

去參與告別
但回想起當時妳都願意獨自來參與了我的第一次
我又為何不送上妳最後一程呢
致熱愛花蓮、深入自然的妳
在那未知的另一端能夠更自在的探索
而那我們所共有的方型燈具
照亮道路的荊棘讓妳得以迴避
使妳不會再受到任何的傷害

在阿樂走了幾個月後，有同學傳了祐齡的貼文給我，但我不並認識她，告別式那天來的同學太多了。

一個偶然機緣和她連絡上了，她驚訝我是如何找到她的，畢竟她和阿樂不同系，也幾乎沒有共同的朋友。我告訴她希望能收藏畫作放在書裡，因為阿樂會喜歡，這是一本為阿樂而寫的書。

祐齡傳了幾張她的作品讓我挑選，我一眼就挑上了木瓜溪的寫生，那是阿樂在花蓮經常騎車經過熟悉的地方，另外又挑了一幅油畫——「夜」。我是一個怕黑的人，不喜歡沒有光的地方，但黑暗的夜裡，一個人不管是在山裡還是海邊，阿樂依然無懼自在，享受寧靜的孤獨。

打開祐齡寄來
的畫作包裹，除了預
定的兩張畫，裡面附
了一張阿樂和祐齡的
合照，在阿樂的手機
相簿裡沒看過，那是
阿樂北上參觀畫展的
照片，貼心的祐齡，
真的太感謝她了，祝
福繼續攻讀研究所的
她，創作之路一路順
遂。

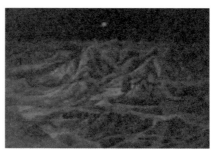

阿樂媽媽：

謝謝您的收藏，希望收到們收到都會很開心。

這後是當時阿樂來參與稀的連展時，
我們所拍攝的合照。

希望能夠幫助到您組織她回憶的過去

您們真的都是很善良的人。

阿樂能夠有您做為母親，她肯定也很引以為榮吧！

:作品羅放小心避免陽光直射，還差過大的地方吶!

阿樂

給 我的樂

明明讀同一所國中，但一直到畢業以後我們才認識。

剛認識妳時，妳給我的感覺很酷恨酷，是外顯的那種酷。

很認真打扮自己，很努力把生活過得多采多姿，看起來熱血充實又快樂。

但後來認識妳、了解妳之後，妳告訴我妳並不快樂，妳說妳其實還是在意他人眼光，有時候會不懂自己活的樣子到底是自己想要的，還是是為了滿足他人對你的想像，而刻意去成為的樣子。

妳告訴我妳常常覺得孤單，我這才發現我們內心中的悲觀是如此相像。

後來也發現我們的很多想法都很像，常聽的歌、想去的地方、待完成的清單都很像。

記得那時候每當我們誰又說出對方喜歡的事物，都會爭著說是對方學自己，現在想起來，我們真的很可愛。

最頻繁相聚的時期在高一、高二，那時候明明也沒約好，但就是可以常常偶然遇到，誇張的時候妳記

得吧！一個禮拜天天都遇見，超級扯，哈哈~妳還一直說我是不是偷抄妳行程表，明明是妳抄我的吧！高三後來我們都忙考試，就愈來愈少約了，到後來上了大學，我去感受擁擠的北方，妳去到了東邊和山海作伴。

上了大學之後，從妳隨手發的生活紀錄，其實我能感受到，妳愈來愈找到自己舒服生活的樣子，我一直在想，下次約一定能聽到妳和我分享妳內心的自由，看妳過得舒心，我也很開心，妳知道嗎？我那時候也覺得妳好酷，但這時候已經是毫不猶豫，認為妳是發自內心的酷了。我好想親口告訴妳，妳過著好帥氣的生活，而我也真的為妳感到好開心。

最後一次見面，我翻了相片，是2018年7月13日。

那天約吃飯，我問妳有沒有特別想吃什麼，我永遠會記得妳說：「其實沒特別想吃什麼，只是想特別看看妳。」

六月底回了妳發的限時，我說好久不見，想妳了。

妳回我說，真的好久不見，我也想妳。

那時候我知道妳要去綠島，我說，暑假該約了，

阿樂

妳在綠島待整個暑假嗎？

妳已讀了，但沒有回我。

妳知道，我不是個被已讀不回便會不開心的 人，但妳也不能，就這樣任性都不回吧。

妳也沒有跟我說，妳的這個暑假，會放很久很久呀！

綠島的海就那麼美，美到妳想永遠待在那嗎？

但我才不會怪妳，跟妳約看電影，妳幾乎每次都遲到我也沒有怪過妳。

除了LaLaLand那一次，妳大遲到完全趕不上，但我真的太期待那部就直接自己進去廳院看了，好好笑，好想念。

所以這次我也不會怪妳，交換條件是下輩子妳還是要繼續陪我看電影喔！

阿盡量不要遲到啦，雖然我人夠好，每次都包容妳，今天還特地從台北回來看妳耶！

而且還選這張當封面，應該很合妳意吧~妳看看妳那時候多瘦……再看看現在……哈哈

我倒是六年了都沒什麼變喔！

一直是個真誠的摯友，超過100%的真心，

而妳對我，也是。

好像打有點多了，但其實也沒特別想說什麼，就是想特別跟妳說，我會很想，很想，很想妳。

阿樂離開一年了，我在她了臉書發了文，意外又和幾位同學、朋友連上了線，是阿樂牽引的緣分吧！

阿樂媽媽您好：

　　我是去年曾經在綠島跟阿樂有一面之緣的朋友。我去打工換宿，那天跟著民宿的小幫手一起去走步道，剛好遇到阿樂自己去，便邀請她和我們一起走。她很外向也很健談，有著爽朗的笑聲，是個很大剌剌的女孩，還記得走完步道看到她騎的檔車，我真的嚇了一大跳，覺得太酷了！記得那時候她跟我說她常常一個人去露營，真的很佩服她！

　　無意間看見您的發文，我想您一定很想念她，我手上這張我們的合照，我想或許您會想收藏，也想跟您分享我和她相遇的這段故事，她是個很善良的女孩。這段步道很舒服視野也很好，如果有機會可以去走看看，也看看她看過的風景。

同學朋友師長對阿樂的追思

Hannah Huang 2021.07.31

　　2019年的聖誕節，我們在美麗的東岸都蘭相遇，那些我的怪奇幽默，阿樂都懂。第一次見到妳就覺得是個害羞又貼心的人，但因為騎車的模樣太帥，還是不由自主地想多了解妳。

　　爾後有幾次，常常只是傳個訊息回個限動，兩小時後，那個帥氣騎車的身影便會出現在都蘭。

TzuYin Lucy Wu
2020年2月20日 · ◎
點播一首 Last Christmas
因為這一天是聖誕節，沒有其他原因了。
我在去年12月過得很開心。

　　我很想妳，想念泥濘。那個有才華內在豐富的妳，還有那些在青旅徹夜暢談的夜晚。

Weihsin Lee 2021.08.01

　　阿姨好，這是送給姿瑩的，一直沒機會為她裱框，很想念她。

　　我們是旅行時認識的，真是一見如故，姿瑩就是有這種魔力，我都叫她Nini。2019年在台東認識，她

阿樂

剛好學校放假，從花蓮往南，我剛好去台東，相遇了幾天，一起遊山玩水，2020年再次相遇，真的是巧遇，也是一起遊山玩水，一起騎車去知本泡湯，也去都蘭的海邊，當她在台東和我碰頭時，說要去綠島實習，我們約好夏天一起去花蓮，她要帶我去玩。

　　有一次一起去台東市區吃飯，她騎檔車載我，我在後座時跟我分享了她下巴的故事，很快樂的回憶，她很喜歡台東，也喜歡她的檔車，我覺得那台就像她本人一樣。

林靖，和阿樂的緣分很奇妙，雖然生前無緣見面，但阿樂的離開，啟發他能勇敢面對生活，珍惜每個活在的當下。他和我聊著阿樂，一起想著阿樂，彷彿又回到她高中時期和我聊著丹寧牛仔衣著、古著情景。

林靖 2021.08.01

錯過

　　雖然約好要一起騎檔車去看海最後沒辦法實現，但我相信我每次騎車去看海時，妳也能看見我眼中的美麗海景。

　　高中時有個同學跟阿樂很好，透過她的Facebook和Instagram才知道阿樂是誰。但我其實不認識阿樂，但因為阿樂的穿著打扮很好看，尤其我知道她收集了許多牛仔外套、軍裝軍包、古著、靴子，而她有興趣的這些東西，也是我很喜歡的，但那時候我對這些東西還不是很瞭解，經濟狀況也還不允許我收集很多，所以我很喜歡去看阿樂po她那些衣服鞋子包包的照片，從阿樂那邊得知這些衣服的知識，還有欣賞她的收藏。那時我們沒特別私下有什麼交談，直到有一

次阿樂po了跟檔車有關的照片，我主動回覆我也騎檔車，也覺得她的車很好看，我們才聊起來。

　　有一年中秋節，我從台南的高鐵站要搭車回板橋，結果當天我收到阿樂的訊息，她問我那天是不是有搭高鐵，因為她有看到我。因為我放在社群軟體的照片跟我包包上的彩虹布條，她就有認出我，但她沒有過來和我打招呼，可能畢竟沒有真正見過面，突然講話也擔心誤認吧！所以我們距離最近的時候，就是在同一個月台，但還是沒有真正講到話。

　　後來2019年時，胡波的電影《大象席地而坐》上映，這部電影片長四個小時，當時台南只有新天地的新光影城上映，從晚上播到快天亮才結束，我們本來約好要一起看，但沒有買到票，所以還是沒有見到面。

　　後來我開始打工有點收入就迷上古著跟軍裝外套，我偶爾發我外套的照片，她會跟我說好看或給我一些意見，阿樂的穿衣品味真的很棒，跟我聊天的時候我也能感受到，阿樂為人處世的態度和她的品味一樣好，非常善良又開朗。

　　我知道她在花蓮常常一個人騎車出遊，甚至在七星潭發呆一整天，我跟她說我也超想做這些事情，但

台北的生活很忙碌沒辦法去旅行，所以又約了不然找個時間，我去花蓮找她玩，一起看海。

　　後來的幾年，我一直在準備轉學考試，也沒有真正有一段長假能去找她，所以去花蓮的事就不了了之。當我轉學成功，她正在綠島實習，我就常常看她分享綠島的美景。

　　去年她的告別式，我有去，哭得唏哩嘩啦，覺得我們約了那麼多次要見面，真的沒有想過，怎麼會是以這樣的方式見面。我知道這一次我一定要去，所以我主動約了我們共同的朋友（那位家齊的同學）一起去。

　　我一直都是容易憂鬱的人，但每次看阿樂發美景的照片，我都會覺得，世界真的還是很美麗，有很多風景要勇敢地去欣賞。阿樂很認真很熱愛她自己的生活，勇於挑戰各種事情，我也喜歡看風景，但我不像阿樂一樣有勇氣，因為阿樂，現在的我知道，要好好照顧自己，如果有機會在生命中嘗試新的事物也不要膽怯。

　　阿樂那麼熱愛生命卻意外離開，那像我這樣厭倦生命的人，好像沒有資格抱怨人生，阿樂對我的生命來說，是很大的支持，也是因為阿樂，我才開始珍惜每個當下。

阿樂

絮雯問我，還記得她嗎？當然記得，每個美術班的孩子我都記得。看到照片上的她，長大了，好漂亮！她關心部落協助孩子們課輔，是個善良的好孩子。

國小同學 胡絮雯　2021.08.02

記憶

　　嗨！絕世大美女吳姿瑩！如果你還記得，你會知道我這樣叫你的原因吧！雖然大家都叫你星冰樂、阿樂。

　　記得，剛踏進立人的那一天，角落有個綁兩隻長辮子、臉很臭的女生，看起來難以親近。熟識之後，才發現你是個逗趣的自戀狂。在我面前，你總是自稱「絕世大美女吳姿瑩」，如果有其他家長稱讚我長得漂亮，你就會開始嘲諷我，真是氣人！

　　記得，讀美術班的那兩年，是我國小階段最美好的回憶，我們一起度過愉快時光。相約去張瑜家寫作業，但其實都在聊天；你的畫風總是很豪邁，用色大膽，你說不是每個人都懂得欣賞你的畫；戶外教學的時候，你向我碎嘴媽媽唱的歌很不潮；你經常跟我抱

怨，蕭敬騰不夠酷，只有周杰倫、蔡依林才夠格登上舞台；你說摩爾莊園可以到處打工賺錢，比電腦老師介紹的寵物派更好玩。熟識之後，常常和你聊天聊得忘我，然後一起被老師罰站；熟識之後，除了在校的相處時間，暑假你還揪團邀請大家一起去參加小光光育樂營。那兩年，真高興你參與了我的生命。

記得，國小畢業前夕回校參加向陽美展，你開心的向我打招呼，我卻因為你剪了超酷的短髮而認不得。「你這樣看起來很難相處耶！」因為在我的印象裡，你還是那個綁著兩隻長辮子的小女孩。「哪會啊！這樣超酷的！」希望那句無心的話沒有傷了你的心，真後悔當時沒能成熟一點。現在，我想告訴你：當時的我只是還不太習慣你短髮的模樣，但你真的又酷又帥，以前是「絕世大美女吳姿瑩」，現在是「絕世酷哥吳姿瑩」。

記得，某天在民德走廊轉角處遇見剛轉學的你，我驚喜地拉著你的手去各個班級，帶你去尋找國小同學們。雖然，教室距離彼此有些距離，但我們的心卻靠得很近。我一直以為，有最熟悉的國小同學在身邊，對於轉學到新環境的你會是一件很幸福的事。因為每次見面，你總是笑得很開心，你一如既往的壞嘴

巴和見面時的打打鬧鬧，讓我以為你過得很開心。你知道嗎？聽到你媽媽和我分享國中那段不愉快的往事，讓我覺得好難過。真後悔沒有多多關心你，沒有細膩地發現你被欺負，如果我知道了，我會很生氣，也會給你一個溫暖的擁抱。

記得，去年夏天，臉書充滿了你在綠島實習的點點滴滴。看著你笑開懷的樣子，心想：能過得那麼精彩真是太好了！我好後悔沒有留言，和你多點互動，再繼續參與你的生活。但我也記得，你超級討厭打字，拒絕用通訊軟體聊天，所以我們很少用社群軟體聯繫。這一次再發訊息給你，你真的不會再回覆我了。

好久不見，好遺憾沒能在國中畢業後保持聯繫，遺憾沒參加告別式與你好好說再見。但這一次，我不想再後悔，希望透過文字，寫下我們之間的回憶，撰一篇屬於你的文章，給你最後的祝福。

謝謝你，介紹摩爾莊園給我玩；謝謝你，常常說些無厘頭的笑話逗我開心；謝謝你，讓我看到冒險王勇敢的精神；謝謝你，讓我有機會和你當朋友。綠島真的很美，能長眠在你愛的地方，或許是一種幸福吧！祝福你，在新的階段、新的是世界，依舊過得精

彩，而你留給我的美好回憶，我會一直深藏在心底，也希望你永遠記得。

　　在告別式的前二天，家儀爸爸和家儀從高雄來到台南殯儀館，家儀爸爸說，家儀一上車，從高雄一路哭到台南。2021年8月，家儀去了美國繼續求學之路，祝福她平安順利！

林家儀（國小五年級英國遊學認識）2021.08.02

致我最喜歡最喜歡的小帥哥

　　嗨朋友！一年過去了，真的很想念你捏。

　　你在那裡都過得還好吧！有沒有遇到好朋友可以和你一直講講講講不停。

　　你知道嗎，能遇到你，真的是小六那年的一個奇蹟。

　　首先，我們大講特講了一、兩個月的電話，每個月花幾千塊的電話費，被我媽唸到不行，幾千塊錢對當時小學的我來說，真的是個大數目。但因為和你講的每一通電話，都笑到不行，還創造了一堆意義不明

的詩，所以我也很堅持，這些電話很值得，我必須講下去！現在好後悔沒把這些可愛的詩寫下來。

　　後來，我去台南找你。但我們真的太懶了，只在台南火車站附近逛街，最後找個成大附近的咖啡廳，促膝長談一整個下午。記得嗎？「促膝長談」這個詞是你提到的，我真的超喜歡，到現在還是我的愛用詞，就是從那個時候開始，對大學附近的咖啡廳產生憧憬，我大學會經營一個專門介紹咖啡廳的IG帳號，或許也是因為在記憶中，有許多和你在咖啡廳的美好回憶。

　　高一時，你來高雄找我，剛好是雄中的校慶園遊會，我們還一起進去玩。那次，我高中熱音社剛成立樂團，正在苦惱團名，最後用了你那天幫我們取的「距離感」！後來，我還組了許多樂團，取過許多名字，但距離感絕對還是我最愛的團名。我們後來還幫他加了口號和手勢，每次上台一定會喊一遍：「大家好，我們是若即若離、欲擒故縱、夢幻的距離，我們是沒有距離感的距離感！」我的團員常常會因為害羞，不好意思跟著做，但我一定會做好做滿，因為真的太喜歡了。還記得我的團員Moiiy嗎？你們也是那時候認識的，她一直覺得你很酷很有趣。

同學朋友師長對阿樂的追思

隔年，我們一起去駁二玩，那次的旅行，真的讓我印象深刻，我還把你寫進作文裡！之前其實已經去過駁二很多次，每次頂多是去逛些文創商品。直到和你去了之後，我才發現駁二處處都是細節，處處都是驚喜！你每看到牆邊一個可愛的小藝術，就會停下來看很久，我也驚嘆了好幾次，我怎麼從來沒發現這些角落的小美好。這次，當然也要去咖啡廳促膝長談一下，畢竟和你聊天總是旅程中最有趣的一部分。

　　上大學，我們距離遙遠，約的次數變少了。多虧你邀我一起參加台北的布展，才能在大學期間再次見面。唸大學後，我們的生活更多元、更豐富了。聽著你說這騎重機、爬山的日常，我一直覺得很不可思議，好難想像你這個動不動喊膝蓋累、耳朵累、不太有方向感，還弄丟車票的小笨蛋如此帥氣！你用炯炯有神的雙眼，希望我到花蓮找你爬山，那個神情我到現在還記得，你說一想到有人去花蓮找你，就開心到不行！還說要騎重機帶我去玩，連安全帽、住宿都討論好了，雖然真的好可惜，沒來得及和你遊山玩水，但聽說你在綠島度過非常非常美好的時光，相信你現在在的地方，也有很多漂亮的山水，和帥氣的重機吧！

阿樂

這十年來，和你度過了許多最開心、最有趣、最溫暖的時光。我總是很自豪，有你這樣這麼好的朋友，能每天講好幾個小時的電話，且就算久久見一次，也能一見如故。一開始與你相遇，只是因為去英國回來睡不著，所以就隨意在群組裡問誰還沒睡，要不要聊聊天。沒想到，一則訊息，最後帶來這麼多美麗又深刻的回憶。這輩子，還來不及和你一起去爬山，但相信未來一定還有機會，我們一定要再次互相找到彼此！

　　有同仁告訴我，他伯母的兒子因為意外走了，伯母非常傷心，對人生感到失望，沒有活下去的意志，看到我的正向，問我該怎麼安慰她？

　　我告訴他，其實我也沒那麼的堅強，但安慰傷心的人，不要告訴她：妳不要再傷心、再難過，就忘了吧，不要再想了……，因為是不可能忘得了。

　　想著曾經擁有的美好時光，想著她的可愛、善良、陽光、勇敢，想著她精彩的人生，人雖離開了，快樂的回憶永遠都在，阿樂並沒有消失，她永遠存在我的心中，或許她正在另一個世界看著我呢！

附錄

阿樂作品集

吳姿瑩

四年級很快過了！
很快的我離開幼稚園
謝謝的學校
謝謝的老師
謝謝的同學
看著花朵盛開的玫瑰花
我心中充起千絲萬縷的感觸
在老師殷殷教導背後裡到了許多
因為有老師無怨無悔的教導
才有今天的我

36

壽比南山

天田北斗掛西樓金
屋無人螢火流月光
欲到長門殿別作深
宮一段愁

3

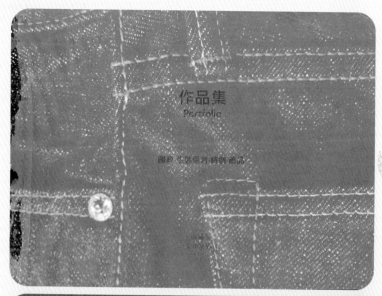

作品集
Portfolio

國粹 生態保育 時裝 飾品

編者
Lucy W

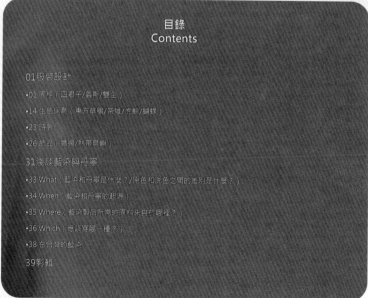

目錄
Contents

國 粹

1

四 君 子 — 竹

北宋 蘇軾

可使食無肉，不可居無竹。

無肉令人瘦，無竹令人俗。

2 國 粹　　　　　炭筆/粉彩

四 君 子 — 竹

竹自古以來便在華人文化裡有著人品清逸、氣節高尚的象徵意義。

若以為人處世、做學問的角度來看，因其細長而中空的意象，至聖先師 孔子認為這便是「謙遜、不自滿」。

文人雅士更是情有獨鍾，相傳北宋畫家文同無時無刻都在觀察竹子，因此畫竹時總能從容自信、逼真傳神，成語「胸有成竹」便是出自於此。

四君子 — 梅

宋 林逋

疏影橫斜水清淺，暗香浮動月黃昏。

4 國粹　　　　炭筆/粉彩

四君子 — 梅

　　梅花綻放於立春之時，是百花之魁，亦為四君子之首，其越冷越開花的特性，以及雪白的花瓣，經常被比擬為堅忍不拔和高潔的風骨，而在我國最為人熟知的形象則是國花。

四 君 子 － 蘭

春秋 孔子
不以無人而不芳，不因清寒而萎瑣。
氣若蘭兮長不改，心若蘭兮終不移。

6 國粹　　　　炭筆/粉彩

四 君 子 － 蘭

蘭花又稱十步，古人認為其能香盈十步，在四君子裡象徵內斂和幽居隱士。
近年來，我國積極研發培育蘭花的品種，也是蝴蝶蘭分佈的最北界限，年均產
值超過四十億台幣，是目前重點出口的花卉。

國 粹 7

四 君 子 － 菊

東晉 陶淵明
採菊東籬下，悠然見南山。
山氣日夕佳，飛鳥相與還。

8 國 粹　　　　炭筆/粉彩

四 君 子 － 菊

菊花，盛開於九月，是四君子中象徵意義最豐富的，華麗的外型代表全力，因此成為日本皇室的象徵，古人認為其花色黃代表大地，有正直不屈的意涵，本草綱目裡記載部分品種的菊花可作為藥用，能夠延年益壽，亦有人稱它為「壽客」，又因東晉詩人陶淵明熱愛菊花，所以有「陶菊」之說。

國粹 9

阿樂

224

螽 斯

10 國粹   炭筆/粉彩

詩經

螽斯羽，詵詵兮。

宜爾子孫，振振兮。

螽斯羽，薨薨兮。

宜爾子孫，繩繩兮。

螽斯羽，揖揖兮。

宜爾子孫，蟄蟄兮。

螽 斯

螽斯俗稱「紡織娘」，通體綠、褐色，細長而扁平。在分類學上與蝗蟲、蚱蜢親緣關係近，因其多產的特性，經常被比喻為多子多福，我國故宮博物院裡展出的翠玉白菜上便雕有螽斯，此為光緒帝的妃子瑾妃的嫁妝，是對新嫁娘最大的祝福。

國粹 11

雙 全

炭筆/粉彩

雙 全

以毛筆和甲冑的結合為主體，象徵文武雙全，衣襟是書法的筆劃，胸以下是筆桿和蘸滿墨水的筆尖，頭飾頂部則為毛筆懸吊於筆架時所需的帶子。

「文」是指文化素養、文才、文采。「武」是指有經世濟用的能力，如農、工、醫...等。

我認為就現今的角度來看，只有「雙全」是不夠的，必須不斷充實自己、多方涉獵嘗試，成為一個通才。

國粹１３

阿樂
226

生 態 保 育

14

東方草鴞

15 生態保育　　　　　　　炭筆/粉彩

東方草鴞

　　貓頭鷹目，分布於南極洲以外的各大洲，東方草鴞是台灣的特有亞種，也是境內唯一的草鴞科，被列為瀕臨絕種的一級保育類。東方草鴞有著令人過目難忘的心形臉盤，就像蘋果剖面般充滿怪異的喜感，大部分時間在地面上活動，因此足部修長，可進行短距離衝刺奔跑。

　　近年來國內外吹起一股貓頭鷹飼養風潮，日本出現貓頭鷹咖啡廳，台灣境內至今尚未開放私養貓頭鷹，因其屬於高智能猛禽，人工飼養需要高度的技巧和充足的活動空間，然而大部分飼主缺乏這些要素，此舉將會造成動物福利上很大的傷害。

生態保育16

阿樂

228

帝 稚

17 生 態 保 育

炭筆/粉彩

帝 稚

又稱黑長尾稚，屬台灣特有亞種，棲息於中、高海拔山區，印製於台灣千元鈔票的背面，因此最為國人熟知的形象便是其佇立於玉山前，雍容華貴卻又遺世獨立的王者姿態。

台灣帝稚領域性強，鮮少驚飛，常獨自行動覓食，雄鳥全身大致呈深藍黑色帶有光澤，眼部有裸露的血紅膚色，翅膀有一白色翼帶，尾羽甚長，有白色橫紋。

英文名Mikado Pheasant是源於1906年英人古菲洛將來台時發現的兩根尾羽帶回鑑定所命名的，其中Mikado則是為了尊崇日本天皇。

生 態 保 育 18

虎 鯨

19 生態保育   炭筆/粉彩

虎 鯨

又稱殺人鯨，海豚科裡體型最大的種類，最大能達10公尺，8噸重，是高智商且社會性極強的肉食性動物。

自1960年代以來，虎鯨便不斷被捕捉、圈養，許多海洋公園靠著虎鯨表演獲得龐大的利潤，人們對鯨豚的喜愛促使海洋公園的誕生，業者為了能夠持續供應表演，開始嘗試人工育種，不過死亡率卻非常高。

過去幾十年內，虎鯨攻擊訓練師的新聞層出不窮。近年來動保意識抬頭，人們開始反思，是否該為取悅自己而迫害這些海洋生物，2016年美國加州立法禁止繁殖、圈養虎鯨，或利用其進行表演。

生 態 保 育 2 0

蝴 蝶

炭筆/粉彩

蝴 蝶

幼蟲時期並不起眼，經過漫長的結蛹期，破繭而出後便有了兩片浮誇艷麗的薄

翅，象徵蛻變。

在梁祝的故事裡，最後山伯抑鬱而終，而英台行經墳前，一躍而入，此時翩翩

飛出兩隻蝴蝶，在這裡蝴蝶便象徵著靈魂的解脫。

在莊周夢蝶的寓言中，莊周在夢裡化為蝴蝶，飛舞於花間，渾然忘我，醒來後

什麼都沒變，而蝴蝶早已不知何往。

古人更以蝴蝶夢來比喻美好而不切實際的想像。

近代則有氣象學家提出蝴蝶效應一詞，指在一動態系統中，初始條件的微小變

化能帶動整個系統長期的巨大連鎖反應。

時 裝

23

色 鉛 筆

2 4 時 裝

時 裝

這是我以洪麗芬女士的作品風格為發想，設計出的兩套服裝。

洪麗芬女士是我最欣賞的國內設計師，她的設計樸實自然，卻很有辨識性，擅長運用植物染和特殊技法製作的天然材質布料，貼近大地、友善環境，這和我一直以來關心的環保議題不謀而合，作品裡大量出現的中國傳統服飾元素，則呼應我熱愛的中國文學和繼承傳統的堅持。

時 裝 2 5

飾 品

26

鷹 揚

在印地安文化裡，老鷹具有重要的象徵意義，牠有銳利的雙眼、強而有力的利爪、一展翅便彷彿遮蔽了太陽的寬大翅膀，印地安人將其視為洞悉事理、堅毅、勇敢、果斷，通常用於對戰士、成年人的祝福。

鳥喙、爪、尾羽、和翅膀上的太陽使用延展性佳的黃金，14K是最適宜用在日常佩帶的事品上的純度，不因過軟、貴重而讓使用上戰戰兢兢，又能呈現出極佳的內斂光澤。頭部、翅膀、身體則分別運用銀的特性做區分，頭部是接近珍珠白色澤的950銀，其餘部分是以硫化銀做出黑中帶灰的顏色。

飾 品 2 8

鷹 揚

silver sulfide
950silver
14Kgold

色 鉛 筆

2 7 飾 品

熱帶島嶼

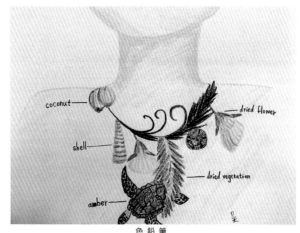

29 飾品

色鉛筆

熱帶島嶼

使用小顆的乾燥椰子、袖珍椰子的乾燥葉片,和乾燥花呈現島上叢林的生態。
以彎曲的乾燥枝條表現海浪,貝類代表近海與沙灘,用琥珀呈現海龜凹凸不平、
佈滿斑點的深褐色皮膚和龜甲,海龜表示遠洋生態。

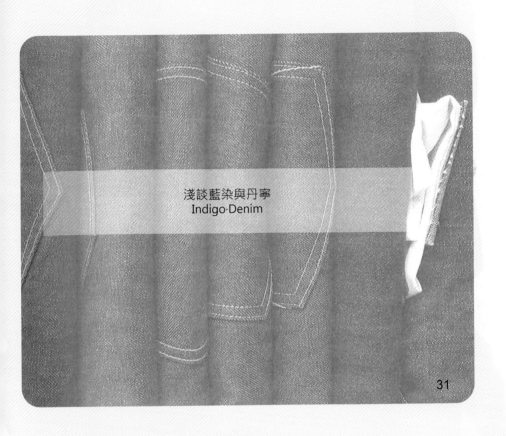

淺談藍染與丹寧
Indigo·Denim

31

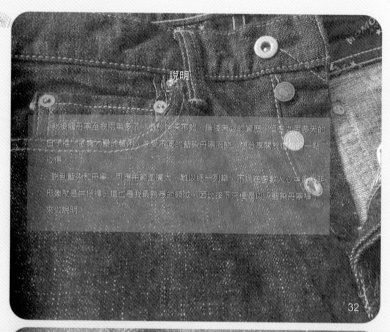

我接觸丹寧至今兩年多了，關於論深不夠，論淺未必的資歷，但在兩年多天的日子裡，蒐集大量的著用（感受不同的藍染丹寧服飾，想分享關於...一點心得。

說到藍染和丹寧，可應用範圍廣大，難以逐一列舉，不過在多數人心中最鮮明形象就是牛仔褲，這也是我最熟悉的領域，因此接下來便是以「藍染丹寧褲」來做說明。

32

What

- **藍染和丹寧是什麼？**

　藍染(indigo)，指的是一種用植物製作出的...藍色染料，而現今亦有用合成染或化學染的方式呈現此種顏色。「丹寧」是英語denim的音譯，...粗糙神密，通常將經紗以藍染上色，緯紗則維持排花...或膚的顏色。

- **原色和洗色之間的差別是什麼？**

　原色用著，是指從沒經過...染整的狀態，直到以穿到消費者手上時，不經水洗，廠也改變過，還留著丹寧布料最原始的形式，又脆又硬，摸起來粗糙乾澀，不經意摩擦到時會在該物品上留下一抹藍。洗色丹寧褲的則是經過至少一道石洗、噴砂、破壞的工序，讓丹寧產品更為柔軟舒適，並且模擬出經年使用過後的色落舊化。

33

阿樂

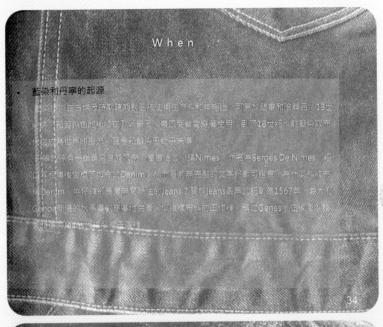

When

- **藍染和丹寧的起源**

  藍染技術在古埃及時期時期就已被使用在麻紗和羊毛上，可見於壁畫和陪葬品。13世紀時，染靛藍色的織物在歐洲普及，農工商皆會穿著使用。到了18世紀，靛藍染取而代之成為世界的主流，至今藍染面紗平失傳。

  丹寧起源有一說是來自於帆布，運自法國小鎮Nimes，命名為Serges De Nimes，經口耳相傳後變成了如今的Denim，然而目前無完整的文字記載可證實。為什麼斜紋布叫Denim，牛仔褲卻是毫無關連性的Jeans？關於Jeans最早的記載是1567年，義大利Genoa商港的水手喜歡穿著地生產，似這種棉布料的工作褲，稱之Genes，往後便以致今日稱的Jeans做為所有代稱。

Where

- **藍染製品所需的原料來自於哪裡？**

  主要分為紡紗用的棉花，和染色用的植物。關於棉花，除了常見的美國棉以外，還有新疆棉、印度棉、埃及棉等，近年來更有了基因改造，讓纖維更細更強韌。當需要一種優良的選項，我認為棉花無論是單大的利小果，支撐好與維持（纖紗），提高富維強度才是需要特種被用的眼球。

  關於植物分為多種，即藍、山藍、木藍、大青和山靛原產於印度，其中木藍種植最多為含蓋氣植物中最有經濟者，馬藍多用種植於中國。藍水需隨時明朝傳日本後，以四國德島為鼎盛與繁在，當地所產的阿波藍，是日本傳統藍染織品的重要原料。在接觸過以上的種後，我將繼續找尋藍染最理想的原調色澤。

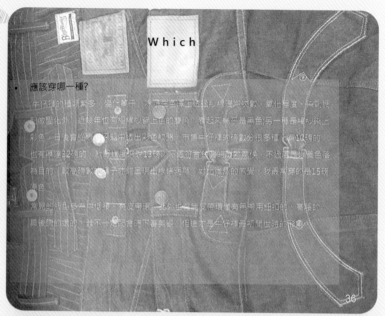

Which

• 應該穿哪一種？

牛仔褲的種類繁多，變化萬千，除了在布料上透過紗線浸泡次數、氧化程度、刷洗調整做變化外，近幾年也有把繡紗皆上色的雙染，看起來幾乎是黑色;另一種是繡紗染上彩色，日後會從表面磨損中透出彩色紋路。市售牛仔褲的磅數分很多種，有10磅的也有high到32磅的，就前適起來說13磅...下個好看舒適的厚度這時候，不過若是以褪色落為目的，較高磅數...子才能呈現出線條明顯，對比強烈的感覺，我最常穿的是15磅顏色。

常見的版型多為中低腰，有皮帶環，此外也有無皮帶環僅有吊帶用鈕扣的、高腰的、具後調節環的，雖不一定能合時下審美觀，但這才是牛仔褲最初問世時的形象。

Which

只有吊帶鈕扣類因為當時尚未發明拉鍊，高腰是為了早期牛仔褲牛愛作為工裝，而工作人員為符合活動俱利性通常版型為寬版，後因應市場因膝果其實人們習慣偏愛之間飾的美感，一條褲子會穿搭較多年，所以偏買較大一點。

作為褲飾的五金性也有分別，最初只是鈕扣的，拉鍊牛仔褲是在1926年被明的，因美歐西部的人偏好排扣，偽排扣沒被淘汰，得以流傳至今。在40年代二戰期間，就時物資，牛仔褲後裝的後方掛件改成馬印、取消鉚釘、後褲的釘扣、改V字狀補強褲襠、排釘的部分因鉚釘被輪胎頁而不用，逐為避止磨傷的中套鉚釘，俗稱的鉚釘、後釘的在褲扣之後掛鉤和平的料子，易被稱作掛底釘。

我喜歡五金氧化的改變，偏好印了、鉚釘、調節環等設者。

在台灣的藍染

台灣的藍染是在荷治時期引進，起初發展並不順利，至1800後，北部山區大規模種植外銷，進入藍染產業的顛峰期。分為「山藍（大菁）」和「木藍（小菁）」兩種，南部客家人的傳統藍布衫便是使用木藍染製。

台灣的藍染產業曾受到化學染的衝擊，消失了很長一段時間，甚至被人們所遺忘，例如我的家鄉-台南有個地方叫「後壁」，大家都知道它是稻米產地，電影無米樂之鄉，卻忘了它的古地名叫「菁寮」，曾是南部藍染重鎮之一。幸好在地方人士的努力，藍染復育成功並且結合觀光遊憩，使人們更能夠接觸、認識藍染產業，將之傳承下去。

38

服裝搭配・髮型・生活・影輯

39

致力於能夠輕鬆融入任何場合的衣著

台南-書法家朱玖瑩故居

40

經典，是什麼？

台南-後壁火車站

41

大概是指歷經長久歲月

Merry Christmas

台南-長榮中學聖誕節活動

仍不被時代洪流所淘汰的吧！

新北-富貴角燈塔公車站

阿樂

就像爸媽時代的文學作品

原臺南州立農事試驗場宿舍群

44

自 成 一 格 ， 卻 又 不 過 分 張 揚

臺北-101大樓＋松菸文創園區

45

阿樂作品集

30年後再讀時不覺是陳腔濫調，仍能產生共鳴

高雄-駁二藝術特區

46

阿樂

The end
感謝收看

國家圖書館出版品預行編目資料

阿樂／王瓊瑤著. --初版.--臺中市：白象文化事
業有限公司，2022.2
　　面；　公分
ISBN 978-626-7056-74-5（平裝）

863.55　　　　　　　　　　　110020099

阿樂

編　　著　王瓊瑤
校　　對　王瓊瑤
發 行 人　張輝潭
出版發行　白象文化事業有限公司
　　　　　412台中市大里區科技路1號8樓之2（台中軟體園區）
　　　　　出版專線：（04）2496-5995　　傳眞：（04）2496-9901
　　　　　401台中市東區和平街228巷44號（經銷部）
　　　　　購書專線：（04）2220-8589　　傳眞：（04）2220-8505
專案主編　陳逸儒
出版編印　林榮威、陳逸儒、黃麗穎、水邊、陳婷婷、李婕
設計創意　張禮南、何佳誼
經銷推廣　李莉吟、莊博亞、劉育姍、李如玉
經紀企劃　張輝潭、徐錦淳、廖書湘、黃姿虹
營運管理　林金郎、曾千熏
印　　刷　基盛印刷工場
初版一刷　2022年2月
定　　價　380元